LEONARDO CHIANCA • JANUÁRIA CRISTINA ALVES
ROSANA RIOS • GISELDA LAPORTA NICOLELIS
RICARDO GOUVEIA

Ilustrações
CRIS & JEAN

FUTURO FEITO À MÃO

5ª edição

Conforme a nova ortog

Copyright © Autores, 1997

Editora: CLAUDIA ABELING-SZABO
Assistente editorial: NAIR HITOMI KAYO
Suplemento de trabalho: DILETA A. D. FRANKLIN DE MATOS
Coordenação de revisão: LIVIA MARIA GIORGIO
Gerência de arte: NAIR DE MEDEIROS BARBOSA
Supervisão de arte: JOÃO BATISTA RIBEIRO FILHO
Impressão e acabamento: VOX GRÁFICA

Dados Internacionais de Catalogação na Publicação (CIP)
(Câmara Brasileira do Livro, SP, Brasil)

Futuro feito à mão / Rosana Rios et al. ; ilustrações
Cris & Jean. — São Paulo : Saraiva, 1997. — (Jabuti)
Outros autores: Ricardo Gouveia, Leonardo Chi-
anca, Januária Cristina Alves, Giselda Laporta Nicolelis.

ISBN 978-85-02-02398-7

1. Literatura infantojuvenil I. Rios, Rosana. II.
Gouveia, Ricardo. III. Chianca, Leonardo. IV. Alves,
Januária Cristina. V. Nicolelis, Giselda Laporta. VI.
Cris. VII. Jean. VIII. Série.

97-3006   CDD-028.5

Índices para catálogo sistemático:

1. Literatura infantojuvenil   028.5
2. Literatura juvenil   028.5

10ª tiragem, 2021

Direitos reservados à
SARAIVA Educação Ltda.
Avenida das Nações Unidas, 7221 – Pinheiros
CEP 05425-902 – São Paulo – SP
Tel.: (0XX11) 4003-3061
www.editorasaraiva.com.br

CL: 810101
CAE: 571372

SUMÁRIO

Apresentação, **5**
Eliane Arbex Rodrigues

O fator humano, **7**
Rosana Rios

Futuro feito à mão, **23**
Leonardo Chianca

Carpe Diem, **35**
Giselda Laporta Nicolelis

Quando voam os dragões, **47**
Ricardo Gouveia

Olhar com o coração, **65**
Januária Cristina Alves

Apresentação

Podemos deduzir que os animais, de forma geral, são todos trabalhadores: as abelhas, com sua produção de mel, os castores, na construção de diques, os cães, em serviço de vigilância... Essa afirmação, entretanto, só tem validade no âmbito da metáfora. Os irracionais agem por instinto. Trazem suas habilidades gravadas no código genético. Nascem com um saber predeterminado e trabalham sob o impulso obsessivo da produção inconsciente. Nesse ponto, chegamos perto do que frequentemente se chama de vocação: nada mais que a predeterminação, um chamado divino ou um impulso orgânico para esta ou aquela atividade. Deixando de lado o fator cultural, social, intelectual e emocional do indivíduo que, apesar de semelhante não é idêntico a ninguém, a vocação sozinha não significa muita coisa. Ora, se ela existisse de uma forma tão pura, não haveria como nem por que explicar o conflito que aflige a maioria absoluta dos jovens em fase de escolha da profissão.

Entender o trabalho humano como uma das fontes de prazer da vida é admiti-lo como o produto final de um processo de decisão, que envolve muitas variáveis e critérios especiais.

Com efeito, o homem trabalha para suprir suas necessidades, ou melhor, as suas e as da sociedade em que vive. Oferece aos seus pares o que sabe fazer de melhor e deles recebe o que precisa para sobreviver satisfatoriamente. Embora não caiba aqui a questão dos excluídos e dos marginalizados sociais, define-se a função social do trabalho na troca de habilidades, competências e objetivos entre os semelhantes.

O tempo e o espaço em que vivemos marcam nossos interesses, escala de valores, aptidões e desejos. Determinam também nossos mitos e preconceitos, além de alimentarem ideias estereotipadas e enviesadas a respeito de muitas coisas, inclusive as que dizem respeito às profissões ou aos profissionais.

Os contos deste livro não se prestam a estabelecer teorias ou normas sobre o assunto; os autores abordam alguns aspectos familiares, institucionais e subjetivos e, ainda que sob o aspecto da ficção, as histórias e os personagens não parecem ter sido concebidos por mera coincidência ou sem semelhança com pessoas conhecidas. Propõem, cada um por si, a reflexão sobre os diferentes prismas do problema da escolha da profissão, desmistificam fantasias, mostram as pedras do caminho, a necessidade de atualização da carreira e a função social do trabalho. A descrição dinâmica de casos diferentes, que decididamente poderiam ter acontecido com qualquer um de nós, permite e convida o leitor em conflito a elaborar um plano de investigação de suas potencialidades, desejos e possibilidades, assim como amplia seu conhecimento sobre as peculiaridades das atividades que mais o atraem.

Conhecer o mundo em que vivemos, e conhecer a nós mesmos antes da tomada de uma decisão tão importante, é o que fundamentalmente faz a diferença entre as atitudes aleatórias, sujeitas ao fracasso, e as conscientes, que possibilitam o sucesso.

Uma boa escolha embasa-se no conhecimento da realidade, quer seja ela externa ou interna, objetiva ou subjetiva.

Uma atividade satisfatória é aquela que nos permite lidar com nosso objeto de trabalho preferido: pessoas, dados ou coisas.

Uma profissão gratificante é a que nos proporciona atingir nossos objetivos mais autênticos: ensinar, curar, ajudar, criar, divertir, vender, administrar, fabricar, julgar...

Uma carreira realizadora, enfim, é aquela em que podemos fazer o que nos dá prazer e ainda sermos reconhecidos e recompensados dignamente por isso.

Eliane Arbex Rodrigues
Psicoterapeuta e psicopedagoga. Diretora do IAPP —
Instituto de Atendimento Psicológico e Psicopedagógico/SP

O fator humano

João Euclides tentou mexer o pé engessado. Não doía mais... Luxação, a médica do ambulatório tinha dito. E só imobilizar e numa semana fica bom.

"Uma semana!", pensou o garoto, desanimado. "Minha mãe vai ter um ataque."

João Euclides imaginou-se por sete dias atravessando as ruas de terra de seu bairro, pegando o trem, o ônibus, percorrendo as filas dos bancos e cartórios. Concluiu que um pé engessado, para um *office-boy*, era a pior coisa que poderia acontecer.

Mas ele pensaria nisso mais tarde. Essencialmente prático, João Euclides não gostava de antecipar problemas. Ouvira, como todo mundo na empresa, falar do corte de 20% na folha de pagamento e não passara mais que alguns segundos pensando no assunto. Esperava não ser mandado embora, mas acreditava que o que tivesse de acontecer, aconteceria — caso ele esquentasse a cabeça ou não. No momento, sua prioridade era descobrir como sair do prédio e pegar o ônibus a tempo, com o pé daquele jeito.

Tentou levantar-se e sentiu, aguda, a dor voltar ao pé direito.

— Você tem que ir devagar no começo — disse a atendente do ambulatório, ajudando-o. — Quer que eu chame algum colega seu pra ajudar?

Ele se lembrou do outro *boy*.

— Vê se a senhora acha o Nelsinho. Na Gerência da área de Treinamento, 17º andar. Ele pega o mesmo ônibus que eu.

Se conseguisse pegar a condução, alguém na estação do trem o ajudaria a chegar em casa... Sentou-se novamente, enquanto a moça procurava um número na lista de ramais.

*

... Atenciosamente,
Samantha S.
Gerente

Samantha releu as últimas palavras da carta e hesitou alguns segundos, antes de digitar o comando *CTRL P*. Mas foram poucos segundos. Logo pressionou a tecla *enter* frente à caixa de diálogo no menu de impressão e levantou-se, o cansaço doendo em seus olhos. Ficara tempo demais em frente ao micro...

Pegou o copo descartável que Alice, a secretária, deixara a seu lado havia pelo menos meia hora, e foi tomar o café frio junto à janela. Assim que o suave chiado da impressora a *laser* denunciou o fim da impressão, Samantha voltou rapidamente à mesa. Um comando *CTRL T* selecionou o arquivo inteiro, e, sentindo um prazer até então desconhecido, Samantha pressionou *delete* e *enter*.

Sim, tinha certeza de que desejava "deletar" o arquivo. Não queria que sua carta de demissão fosse lida por algum curioso que, num dos inúmeros terminais, nos vinte e dois andares da sede da empresa, acessasse seus arquivos na rede por alguns desses acasos informáticos que ninguém entendia por que aconteciam.

Samantha deixou escapar um suspiro e pegou a folha na bandeja superior da impressora. Sem relê-la, guardou-a na pasta de couro, entre as páginas da última planilha de custos e a lista dos funcionários da divisão que ela, segundo as instruções de seu antipático diretor, deveria demitir naquela semana — colaborando com o malfadado corte de 20% na folha.

"Em teoria", pensou com um sorriso, "já que, na prática, com a minha saída, o prezado doutor Luiz Francisco terá de segurar o pepino."

Jogou o copo descartável vazio no cesto de lixo e desligou o micro. Num rápido devaneio, viu-se confortavelmente em casa, no meio da tarde, tomando chocolate quente e assistindo a filmes antigos na TV, sem a menor parcela de culpa. Totalmente desligada da maratona diária que fora sua vida nos últimos dezesseis anos.

*

Matemática, muita Matemática. Na faculdade, Samantha lutara quatro anos insanos com a Matemática Financeira e a Estatística. Não era o seu forte, embora ela sempre conseguisse sair-se bem. Passava raspando, esbarrava em algumas dependências, mas passava. Nas disciplinas humanas não encontrara grandes barreiras, além de sua própria enervante e constante timidez. Direito era interessante, mas ela antipatizara com os professores da área. Psicologia e Sociologia haviam-lhe trazido grandes compensações — e vários bons amigos. Por algum motivo, todos os projetos em que embarcara, tanto na faculdade quanto nos estágios, levavam-na à área de recursos humanos. Ali, sua intuição para administrar situações problemáticas a guiara muito mais que os anos passados sobre cálculos, gráficos e estatísticas.

Os primeiros empregos — num banco privado e numa financeira — tinham desaguado em seu emprego atual, numa grande empresa de informática. Trabalhava com treinamento, organizando grupos para cursos de atualização, reciclagem, remanejamento de pessoal, providenciando todo tipo de material para os cursos. Gostava de seu trabalho, porém anos seguidos de diretores pouco compreensivos, gerentes com mentalidade estreita e uma crise financeira quase que permanente haviam

minado o que os amigos chamavam de sua persistência, e a família chamava de sua teimosia.

Samantha estava cansada de brigar. Por que escolhera Administração, afinal? Por que fora trabalhar em grandes empresas? Por que não pegar seu fundo de garantia e abrir uma pequena papelaria na garagem da casa de seu pai, ou alugar uma salinha em seu bairro e montar um modesto curso de inglês? Havia dúzias de possibilidades a serem estudadas. E nenhuma delas incluiria demitir pessoas, tratando-as como se fossem equipamento obsoleto — como parecia pensar o esnobe doutor Luiz Francisco, seu diretor. Seu futuro-ex-diretor...

*

O acender de uma tecla no aparelho de telefone a trouxe de volta à realidade. Samantha voltou a sentar-se. Por que Alice ainda não tinha ido embora? Sabia que a secretária morava longe, e sempre fizera questão de que seus funcionários saíssem às seis, mesmo que ela frequentemente trabalhasse até as oito. Ou mais.

— O que foi, Alice?

— Parece brincadeira, mas tem quatro ligações para a senhora bem na hora de sair. Seu Pedro do estacionamento na linha um, Marina do banco na dois, a secretária do doutor Luiz Francisco na três e uma atendente do ambulatório na quatro.

Ambulatório? Samantha sabia exatamente do que tratariam as outras três ligações, mas não imaginava por que a contatariam do ambulatório.

— Tudo bem, Alice, eu resolvo isso e você pode ir. Não vá perder o ônibus...

— Obrigada, dona Samantha, já estou mesmo atrasada.

Atendeu as ligações na ordem três-dois-um-quatro, vendo

a secretária sair e acenar para ela pela porta da divisória entre-aberta. O intragável doutor Luiz Francisco queria marcar uma reunião para amanhã às oito; o banco avisava que sua apólice de seguro venceria naquela semana; seu Pedro do estacionamento detectara o defeito no carro: um curto no sistema de alarme. O motor estava OK, mas ela deveria passar naquela noite mesmo num autoelétrico, pois ele tivera de desligar o alarme. E no ambulatório...

— Aqui é a Ana, a atendente do ambulatório. Um garoto da sua área foi atendido, o João Euclides. Ele não consegue ir embora sozinho. Tem alguém aí pra vir buscá-lo?

João Euclides? Sim, um dos *boys* que seu departamento compartilhava com outros dois vizinhos. Lera seu nome recentemente, na relação de demissões preparada pelos assessores do diretor.

— Deixe eu falar com ele.

O *boy* parecia um tanto perdido, do outro lado da linha.

— Dona Samantha? A senhora me desculpe, mas o Nelsinho tá aí? Eu queria que ele me ajudasse a ir pegar o ônibus. Não disseram pra senhora? Eu caí lá na escadaria da expedição. Não quebrou, mas teve de engessar o pé. Tá meio difícil de andar e eu não posso perder a condução, senão não chego em casa hoje...

Samantha olhou pela porta entreaberta. Passavam vinte minutos das seis, Alice saíra e tudo parecia vazio. Não deveria haver mais nenhum *boy* por ali. Não deveria haver mais ninguém no andar a não ser gerentes e diretores.

— Aqui já foi todo mundo embora, João Euclides — sua voz saiu confiante e segura, como sempre. — Mas espere aí mesmo que eu vou achar alguém para te ajudar. Não se preocupe...

Ao desligar o telefone, Samantha colocava os pensamentos em ordem. Reunião amanhã cedo com o "homem". Carta de demissão. Passar os novos orçamentos e os últimos relatórios dos cursos de atualização para Alice. Apólice de seguro. Pegar o saldo da conta corrente pelo *fax*. Transferir dinheiro de alguma aplicação para cobrir a renovação do seguro. Passar num autoelétrico. Aquele carro já dera o que tinha que dar. Suspirou, constatando que àquela hora não seria fácil achar um táxi no ponto próximo. Ela precisava encontrar alguma pessoa, qualquer uma, e depressa, para levar um *boy* com o pé engessado para casa. Casa...

Os problemas de casa teriam de esperar. Enquanto a carta de demissão estivesse em sua pasta, e ela não pusesse um ponto final definitivo àqueles oito anos de empresa, tudo o mais teria de esperar.

Apagou a luz e saiu, indo em passo firme para o elevador.

Podia ver a luz na sala do doutor Luiz Francisco e ouvir vozes de três ou quatro pessoas, mescladas ao som de um teclado de computador. No mais, o 17º andar estava completamente vazio. Telefones silenciosos, micros desligados, mesas, cadeiras, estantes e divisórias imóveis como cadáveres (por que pensara em cadáveres?).

O elevador demorava, e Samantha suspirou impaciente. Aquela era a empresa que homens como seu diretor administravam. Um amontoado de paredes, mobiliário, equipamento e papel. Matéria. Cadáveres. E bilhões de informações digitalizadas, dinheiro eletrônico girando em contas correntes... Fantasmas. Um mundo virtual.

Não era em uma empresa formada por cadáveres e fantasmas que Samantha queria trabalhar. A empresa, na verdade, era formada por gente. Pessoas. Seres humanos, que criaturas do topo do organograma teimavam em ignorar...

Uma voz atrás dela pegou-a de surpresa.

— Ainda na empresa, Samantha?

Ela forçou um sorriso para saudar Élcio, um dos mais antipáticos assessores do repugnante doutor Luiz Francisco.

— Tenho algumas coisas para resolver. Um dos *boys* do andar está no ambulatório, com o pé engessado, e eu preciso encontrar alguém para levá-lo até em casa. Até agora não encontrei ninguém, e parece que não há táxi no ponto da esquina...

— Chame um radiotáxi. É útil para despachar pepinos.

O sorriso de Samantha parecia congelado, tanta era a força que ela fazia para não xingar aquele sujeito idiota. Só podia mesmo fazer parte da equipe de confiança do "homem".

— Obrigada pela sugestão. Vou ver o que posso fazer...

O elevador chegou, e a porta se abriu com um ruído suave. Samantha entrou e apertou o botão do segundo andar. Enquanto a porta do elevador se fechava, ainda ouviu um último comentário de Élcio.

— Não vá bancar a Madre Teresa e levar o dito-cujo para casa, "Sami"!

Samantha detestava quando aquele tipo de imbecil a chamava de "Sami". E detestava quando alguém sugeria ideias que ela já tivera. Embora chamar um radiotáxi para levar João Euclides fosse uma solução, a observação de Élcio tornava a ideia repugnante.

"Não vou 'despachar' um ser humano como se fosse equipamento avariado", pensou, com uma careta. Era esse justamente o problema com "certas" empresas. As pessoas não passavam de mobiliário, equipamento, um número no canto do crachá...

O elevador parou no segundo andar, e Samantha encaminhou-se para o ambulatório, já pensando se teria combustível suficiente no carro para levar o garoto em casa, fosse onde fosse. "Madre Teresa"? Ótimo. Vindo daquele troglodita insensível, era um elogio.

A atendente atrás do balcão sorriu para ela. Samantha sorriu de volta. Pelo menos no ambulatório não se podia ignorar o fator humano...

— Agora a senhora pega a pista local e entra pra esquerda na segunda rotatória...

Samantha mudou a marcha e diminuiu a velocidade para aguardar uma brecha. Logo estava na pista local de uma enorme avenida, praticamente uma rodovia, que a levava, juntamente com o *boy* acidentado, para algum lugar distante, muito distante do que ela conhecia como "cidade".

O garoto estivera totalmente silencioso, falando apenas quando era para indicar o caminho.

—Você faz este caminho todo dia? — ela perguntou, tentando aliviar a tensão. Desde que soubera que seria levado para casa pela própria gerente da área, João Euclides parecia dividido entre a incredulidade e o pavor.

— Mais ou menos — foi a resposta. — Eu não passo por aqui porque não venho de carro. Pego um ônibus até o terminal dos trens, vou de trem até a oitava estação, aí pego um ônibus e desço na avenida principal; de lá até em casa é perto, dá só uns cinco quarteirões.

— Bem — ela sorriu para ele —, pelo menos hoje você não vai precisar fazer esse caminho. Você frequenta algum colégio? — acrescentou, lembrando-se de que já era noite.

O rapaz pareceu um tanto preocupado.

— Estudo à noite, mas hoje não vou poder ir. Ainda bem que não é época de provas. Posso faltar um dia e não perco muita matéria... Mas ir pro colégio é fácil, fica mais ou menos perto de casa. Difícil vai ser ir trabalhar!

Samantha lembrou-se dos tempos de faculdade, trabalhando de dia num escritório de contabilidade e estudando à noite. E os caminhos que atravessava de um lugar para outro não eram, de forma alguma, distantes como os que João Euclides atravessava diariamente.

— Amanhã cedo vou pedir à Alice para acertar a sua licença médica. Você não vai trabalhar com o pé desse jeito.

Aproveite para descansar um pouco e botar a matéria do colégio em dia. Seus colegas podem ajudar, não podem?

— Acho que sim — foi a resposta que obteve. Mas ela não a ouviu, subitamente lembrando-se de que "amanhã" não seria mais a gerente do departamento. Bem, Alice cuidaria da licença dele de qualquer forma. Pelo menos enquanto estivesse de licença, João Euclides não seria demitido.

A paisagem agora estava totalmente modificada. As luzes amareladas da estrada tinham sido substituídas pelas azuladas da avenida. A moça já não via indústrias com fachadas modernas ao lado de favelas, beirando a avenida. Via depósitos com fachadas decadentes ao lado do que lhe pareciam plantações. Mais um pouco e só veria muros escuros e luzes ao longe.

Um pouco de angústia começou a envolvê-la, bem como um certo receio de ser assaltada naquela região. Mas a lembrança do ar irônico de Élcio, ao chamá-la de "Madre Teresa", teve o condão de afastar o medo. Ela não era como doutor Luiz Francisco e companhia! Seus funcionários eram pessoas, não amontoados de *chips*. E ela não era mais nenhuma criança, deixaria o garoto são e salvo em casa e voltaria pelo mesmo caminho. Administrar empresas, mesmo ínfimas partes delas, também era "viver perigosamente"...

— Sabe o que é a "geração *shopping center*", João Euclides? — ela perguntou, com vontade de rir de si mesma.

— Sei, sim senhora — foi a resposta do *boy*. Para surpresa de Samantha, que percebeu, pela entonação, que ele realmente sabia do que falava. — A gente, que é *boy*, anda pra tudo que é canto com a papelada da firma e saca esse pessoal. Eles param o carro no cruzamento quando a luz fica vermelha e nem piscam. Parece que são robôs, vão do condomínio fechado pro centro empresarial, de lá pro *shopping*, de lá pro condomínio. Às vezes nem têm muito dinheiro, só são esnobes.

— Isso mesmo. Depois de algum tempo só andando de carro, a gente começa a esquecer como é pisar na rua, entrar numa quitanda, numa sapataria, numa banca de jornal de esquina. A gente começa a esquecer de ser gente...

— Mas a senhora não, dona Samantha. A senhora é legal. Se todo mundo na gerência fosse como a senhora, a firma ia ser bem diferente...

Samantha quis falar alguma coisa sobre aqueles oito anos frustrantes. Desenvolvera tantos planos de contenção de despesas com otimização de recursos, sempre evitando corte de pessoal. Esboços de organogramas mais racionais, projetos sociais simples e viáveis, tentativas de desburocratização. Tanta coisa guardada no fundo de sua gaveta... De alguma forma, sentia que João Euclides entenderia seus pontos de vista. Porém, quando abriu a boca, disse apenas:

— A avenida termina numa bifurcação. E agora, que caminho seguimos?

*

A família de João Euclides era grande, animada, barulhenta; lembrou-a bastante a família de sua mãe. Samantha acabou aceitando café com polenta frita e só conseguiu ir embora depois de esclarecer tudo sobre a licença do garoto, explicar a diferença entre luxação e fratura, dar informações detalhadas sobre o curto no sistema de alarme de seu carro, fazer uma preleção improvisada sobre a profissão do Administrador de Empresas e receber uma receita de bolinhos e três explicações diferentes do melhor caminho para voltar ao centro.

Estava muito tensa ao dirigir. Somente respirou aliviada ao deixar as ruas de terra e as estradas estranhas e voltar ao território conhecido. Passava de meia-noite quando parou num autoelétrico próximo de sua casa, e que funcionava dia e noite. Enquanto ia para casa a pé, evitando pensar na carta de demissão em sua pasta, frases esparsas que ouvira naquele dia fervilhavam em sua mente.

FUTURO FEITO À MÃO 19

"Precisamos fazer esse corte o mais rapidamente possível." (Doutor Antunes, um dos diretores, em conversa com doutor Luiz Francisco.)

"Se eu não correr, perco a condução e só vou chegar em casa depois das dez." (Alice, secretária.)

"Deixa de se preocupar com esse pessoal. Vamos ficar só com quem é essencial na área." (Doutor Luiz Francisco, ao telefone.)

"Tem gente que tem medo desse lado da cidade. Tá certo, tem muito bandido, mas tem gente boa também. A periferia não é pior nem melhor que o centro, é só mais longe." (Dona Maria de Lourdes, mãe de João Euclides.)

"Hoje em dia, administrar uma empresa é demitir funcionários." (Élcio, naquela manhã, como sempre concordando com doutor Luiz Francisco.)

"Foi bom trabalhar com a senhora, dona Samantha. Pena que tem gente aqui que pensa que funcionário é descartável... Usou, depois joga fora." (Ana Helena, secretária de seu andar, demitida na última lista de cortes.)

"Obrigado, dona Samantha. Assim que eu tirar o gesso, volto pro serviço. Sabe, ainda vou estudar Administração!" (João Euclides, *office-boy*.)

*

Ela não tinha fome naquela noite. Tomou um copo de leite com chocolate, ligou a TV, passou de canal em canal, desligou, foi escovar os dentes para dormir. Repassou mentalmente o que teria de fazer na manhã seguinte.

Pegar o carro no autoelétrico. Embora já tivesse dado o que tinha que dar, aquele decididamente não era o momento ideal para trocar de carro. Passar os novos orçamentos e os últimos relatórios dos cursos de atualização para Alice. Verificar a papelada para a licença do João Euclides. Pegar o saldo da conta corrente pelo *fax* e transferir dinheiro de alguma aplicação para cobrir a renovação da apólice de seguro. Reunião com o "homem". Carta de demissão. Passar no departamento pessoal para acertar os detalhes...

Samantha adormeceu e sonhou muitos sonhos, tantos que não conseguia lembrar-se deles pela manhã. Apenas um permanecia em sua mente: via-se no carro, parada, na bifurcação da avenida que levava à vila onde morava João Euclides. E não conseguia decidir por que rua seguiria.

*

— Bom dia, dona Samantha.

— Bom dia, Alice.

— Seu Élcio já ligou duas vezes para saber se a senhora tinha chegado. Disse que doutor Luiz Francisco está esperando.

— Ele que espere. Tenho muita coisa para resolver antes dessa reunião!

Depois de passar várias incumbências à secretária, Samantha esvaziou a pasta. Separou a carta de demissão e leu-a atentamente, pela centésima vez, procurando algum erro de português. Deu uma olhada nos outros papéis, mostrou a língua à planilha de custos, fez uma careta para a lista de prováveis demitidos e jogou tudo numa gaveta, sobre a pilha que formavam seus projetos quase esquecidos sobre desburocratização, programas sociais, otimização de recursos.

Alice entrou com um café expresso quentinho que trouxera da *coffee-shop* do térreo do edifício. Naquela manhã, Samantha não teria de tomar o líquido horroroso que as máquinas de café da empresa produziam.

Enquanto saboreava o delicioso e cremoso café, viu Élcio bater na porta entreaberta e entrar sem esperar convite.

— O "homem" está aguardando. Podemos ir? Ou tem mais gente na fila dos fracos e oprimidos, esperando Madre Teresa atacar novamente?

Desta vez Samantha não precisou fazer força para sorrir. De pena. Pobre Élcio, verdadeiro robô, que da cidade só conhecia o caminho do condomínio ao *shopping*. Que só via nas pessoas o lado "útil". Que administraria aquela empresa como se cada funcionário fosse uma prateleira, um aparelho telefônico, um crachá ambulante.

— Já estou indo, Élcio. Só preciso despachar uma papelada.

A voz do *boy*, na véspera, voltou a seus ouvidos.

"Se todo mundo na gerência fosse como a senhora, a firma ia ser bem diferente."

— Pode ser... — ela resmungou, voltando a mexer nos papéis. Releu os termos da carta de demissão e, sem piscar, rasgou-a em dois pedaços, depois em quatro, oito, dezesseis... até onde pôde rasgar. Olhou com prazer os pedacinhos caindo dentro do cesto de lixo e, em seguida, retomou da gaveta a planilha de custos e a lista dos funcionários a demitir.

Já ia saindo da sala quando se lembrou de algo. Tornou a abrir a gaveta e retirou seus projetos longamente engavetados. Talvez fosse a hora de tocar naqueles assuntos de novo. Colocou-os na pasta com os outros e desta vez saiu mesmo, com ar de quem estava decidida a comprar briga.

Descobrira que não estava cansada de lutar, afinal das contas! A luta estava só começando.

— Alice, vou indo para a reunião. Não se esqueça de ver a papelada da licença do João Euclides, depois encaminhe os relatórios. Pegue um extrato da minha conta por *fax*. E será que você me consegue outro desses cafés deliciosos, para quando eu voltar? Acho que vou precisar...

Alice sorriu com cumplicidade.

— Pode deixar. E vou mandar buscar um *croissant* de queijo também. Sei que a senhora gosta...

"Ela sabe", pensou Samantha, "que desta vez passou perto. E sabe que não vou demitir ninguém sem briga. Bem, hora de enfrentar as feras."

Caminhou pelo andar entre mesas e divisórias ouvindo o

burburinho de gente, o som de teclados e impressoras, risos e frases entrecortadas.

Ao entrar no escritório do doutor Luiz Francisco, só conseguia lamentar que não seria daquela vez que conseguiria passar uma tarde tranquila em casa assistindo a velhos filmes na TV. Essa fantasia teria de esperar. Esperar muito...

Naquela hora, tinha mais o que fazer.

Futuro feito à mão

Para Maurício Chianca, que seguiu arquitetando as linhas mestras projetadas nas nossas infâncias.

Eu, por exemplo, já quis ser aviador, tocador de pistom, arquiteto e, durante um bom período de pós-adolescência, vagabundo profissional, e só não segui esta última vocação porque a família, por alguma razão, se opôs.

Arquitetura, tradicionalmente, é a primeira escolha de quem sabe que precisa ter uma profissão séria, mas não tão séria assim. É a engenharia de quem não quer fazer engenharia e o refúgio dos indecisos. Há provavelmente mais ex-estudantes de Arquitetura fazendo outra coisa — normalmente nas artes — do que ex-estudantes de qualquer outro curso. Querer a arquitetura, portanto, era querer fazer alguma coisa criativa, que até podia ser a arquitetura.

(Luís Fernando Veríssimo in *O Estado de S. Paulo*, 11 jan. 1990)

— Urbano, se você não concluir essa planta até as seis, pode ir se preparando... Não tenho mais paciência pra suas bobagens...

— Bobagens? Você tá louco, Zeca? Desde quando preparar uma planta com precisão é bobagem?

— Não quero discutir com você! — emendou Zeca, enfurecido com seu funcionário. — Quero o trabalho até as seis, ou rua!! — finalizou, batendo a porta da sala.

Urbano seguiu impassível:

— Guto, passa a borracha, por favor?

— Pô, Urbano, são cinco e meia! — reclamou Augusto, irritado com seu ex-professor.

— Calma, rapaz, calma...

— Calma, nada... Deixa que eu passo pro computador num instante! — decidiu o garoto, pegando o projeto hidráulico de cima da prancheta de Urbano.

Urbano irritou-se, puxando de volta o material:

— Escuta aqui, rapaz! Eu sei muito bem o que estou fazendo. É importante que eu faça esse trabalho do meu jeito...

— Mas a reunião com o fornecedor começa daqui a pouco! O Zeca disse que se essa planta não sair...

— Esquece o Zeca, Guto, e me passa a borracha...

— Mas o Macintosh faz igualzinho! Aliás, faz melhor, mais rápido e no ângulo mais adequado!

— Não perca seu tempo, Guto! — cortou Urbano, incisivo.

— Eu tenho de fazer na lapiseira, entende? Tenho mãos pra quê?

Augusto estava indignado com a teimosia de seu ex-professor. Indignado e preocupado com o desfecho daquela situação. No horário marcado, Zeca entrou na sala. Urbano ergueu os braços:

— Peeiiimm!! Soou o gongo! Aqui está, grande chefe! Sem guilhotina, hein?!

Zeca não comentou a ironia de Urbano, apenas perguntou:

— Você nem deve ter começado a parte elétrica da loja, não é?

— O meu horário acabou. Hoje é sexta, tenho mais o que fazer. Adeus, e até segunda!

— Eu fico, Zeca — ofereceu-se Guto, tentando amenizar o clima. — Eu faço a elétrica...

— Obrigado, garoto, mas eu precisava que um arquiteto fizesse o trabalho, não um copista. Depois que você entrar na faculdade, a gente começa a tocar pra valer. Agora é cedo e tem muito arquiteto sem emprego por aí! — completou Zeca, olhando de soslaio para Urbano, numa explícita provocação.

— Quer uma carona, Guto? — desconversou Urbano, fingindo não ligar para a ameaça do coordenador do escritório.

Augusto não entendia o comportamento do seu ex-professor de Desenho Arquitetônico na Escola Técnica. Naquela época, Augusto não imaginava seu grande mestre como um profissional tão resistente a mudanças. Para ele, era estranho que Urbano não aceitasse algo tão simples quanto trabalhar com um *software* de arquitetura.

Dentro do carro, em meio ao costumeiro engarrafamento de São Paulo, agravado pelo *rush* de uma sexta-feira, o discurso de Urbano retomava o tom professoral e sábio.

— De que adiantam tantos túneis e pontes e viadutos? Todos os caminhos convergem para o centro da cidade. Estimulam o uso do carro. Aumentam os congestionamentos. Sem falar na poluição, no estresse...

— Cidade grande é assim mesmo — tentou argumentar Guto. E arriscou um palpite: — É o desenvolvimento!

— Desenvolvimento? Não, menino, não... Desenvolvimento é ter consciência dos problemas urbanos e transformar a cidade pensando nas pessoas e não nas máquinas.

— E o que você tem contra as máquinas? — contestou Guto, cansado das reclamações de Urbano.

— Olha a quantidade de carros à nossa volta, Guto!

— E daí? A gente tá sentado num...

— Tá certo, você está certo, sim. A gente deveria estar dentro de um ônibus, ou melhor, num trem de metrô.

— Mas aqui não tem metrô!

— Exatamente: construir novas linhas de metrô é muito mais importante do que construir tantos túneis e viadutos!

Augusto sabia que Urbano estava certo, mas não queria dar o braço a torcer. Pelo menos em relação à forma como seu amigo encarava a tecnologia. Voltou ao ponto nevrálgico:

— Pô, Urbano, o que custa você fazer os projetos no computador? Por que essa insistência em fazer tudo na ponta do lápis? Sabe o que eu acho? Que você vai acabar perdendo o emprego!

— É tão fácil entender, Guto... Eu preciso fazer à mão, senão eu não sinto que o desenho vem de dentro de mim. O meu polegar, o meu indicador... Eles são a minha identidade, entende? Meu trabalho precisa ter a minha impressão digital!

— Acho que entendo... — refletiu Guto, irritado, confuso, compreensivo, perturbado, todas as emoções ao mesmo tempo. Tentou puxar a conversa para si: — É por isso que eu quero ser arquiteto.

— Ahn?

— Eu sempre gostei de desenhar plantas. Desde criança eu faço projetos de tudo: casas, apartamentos, ruas, parques... Depois eu vou preenchendo os espaços...

— Ah, você gosta mesmo é de planejar! — concluiu ele, emocionado. Na realidade, Urbano se reencontrava nas palavras de Augusto, na sua vitalidade e no desejo de futuro do garoto.

— Eu também era assim... — comentou, lamentando-se.

— Assim como? — não entendeu Guto.

— Plantas... Eu sempre projetei plantas de casas, reais e imaginárias, inventadas, impossíveis... Ou não, quem sabe? Depois comecei a planejar e desenhar ruas e bairros. Acredita que o meu sonho de criança era ser prefeito? — revelou, o rosto iluminado como o de um menino.

Augusto observava Urbano dirigindo, tranquilo, feliz. Não interferiu, apenas seguiu ouvindo.

— Na sua idade — prosseguiu Urbano — , eu achava que podia construir uma cidade inteira do jeito que eu quisesse.

— Eu não tenho essa pretensão — Guto comentou.

— Eu sou um sonhador, sempre fui. Por isso é que eu fico tão nervoso ao ver a cidade assim! É muita falta de respeito com as pessoas!

— Tá legal, mas não é fácil construir uma cidade real... São Paulo não para de crescer! — Guto arriscou uma avaliação.

— Mas essa é que é a chave: o crescimento! É aí que entra o grande arquiteto, a nobreza da nossa profissão...

— Nossa não, sua. Eu ainda nem entrei na faculdade!

— Mas você já tem o espírito de um arquiteto.

— Você acha?

— Não tenho dúvida, sempre achei. Aliás, vamos brincar um pouco de professor e aluno.

— Vai me aplicar uma prova?

— Mais ou menos. A pergunta é: como a cidade pode crescer sem desrespeitar o cidadão?

— Com planejamento — respondeu Guto de bate-pronto, para espanto de Urbano, que emendou:

— E como planejar? Como preparar um Plano Diretor para São Paulo?

— Plano o quê? — quis saber Guto.

— A gente não pode pensar isoladamente nos problemas da cidade — prosseguiu Urbano, sem explicar o que era um Plano Diretor, mas refletindo sobre ele. — Nós temos de pensar num conjunto, numa linha a seguir, numa meta futura pra cidade...

— Adoro pensar nas cidades do futuro. Acho que elas serão fantásticas! — opinou Guto, falando de igual para igual.

— Será mesmo? — questionou Urbano. — Acho que a cidade do futuro beira a catástrofe!

— Você diz isso porque resiste à tecnologia. A tecnologia é fundamental, Urbano!

— Concordo.

— E é inevitável, irreversível!

— Tudo bem, mas se a gente não respeitar a história da cidade, as relações humanas, as individualidades...

— Mas eu não estou dizendo o contrário. Claro que temos de respeitar todo mundo!

— Eu quero que você enxergue os horizontes da cidade, Guto! — exaltou-se Urbano. — A gente não pode esconder a luz do sol... Precisamos contemplar a natureza e construir uma terra nova... Criar a luz do futuro. Ou morreremos todos!

Augusto se assustava com a gravidade das palavras de Urbano. Ficava mesmo irritado ao perceber as contradições no seu discurso. Ele demonstrava o valor e o papel social de um arquiteto, mas também exibia uma enorme confusão no desempenho de seu próprio papel profissional no escritório onde trabalhava.

Para piorar o mal-estar de Augusto, as palavras de Urbano também serviam como uma cobrança ao futuro breve que o garoto enfrentaria: no final do ano, o vestibular.

— Guto, você fazia suas plantas à mão, não é?

— Quando criança?

— Claro, hoje é que não é... Eu queria te dizer que com essas mãos você pode transformar o mundo...

— Ah, não delira, Urbano!

— Você quer ser arquiteto, não quer?

— Quero, e daí?

— Pra quê?

— Como pra quê?

— É, pra quê? Quer ser arquiteto pra construir casas, escritórios, lojas?

— Talvez, por que não?

— Mas, pra quem?

— Ora, que pergunta, Urbano!

— Desculpe a franqueza, mas eu só quero que você pense melhor no seu futuro.

— Do jeito que você fala, acho melhor eu mudar de profissão.

— Não, não é isso... É que não há teorias nem profecias sobre o futuro. O futuro é uma incógnita e, na arquitetura, mais do que nunca.

— Ora... — encheu-se Guto —, como é que você diz que eu posso mudar o mundo sendo arquiteto e você não faz nada disso? Você faz o quê na vida? Fica só fazendo projetinho de loja pro Zeca e brigando se vai fazer à mão ou no computador? Isso é mudar o mundo? Cai na real, Urbano!

Eles estavam quase chegando à casa de Augusto. Urbano fechou a cara e Guto constrangeu-se por dizer palavras tão ásperas. Mas pensava que era necessário dizer tudo aquilo. Respirou fundo e prosseguiu:

— Você queria salvar o planeta, Urbano?

— Queria, sim.

— Você sabe o que vai fazer hoje à noite?

— Ahn?

— É, vai sair com alguém, vai ao cinema, alguma coisa assim?

— Não pensei em nada...

— Você não consegue nem mesmo planejar a sua noite... Não parece estranho que queira resolver todos os problemas do mundo?

— Escute bem, Guto — cortou Urbano —, o professor aqui sou eu, ouviu? — brincou, dando um tapinha na cabeça do rapaz.

— Desculpe, mestre, acho que exagerei, devo ter falado bobagem, mas é que às vezes você me deixa furioso — justificou Guto, batendo a mão na mão de Urbano, despedindo-se. — Mas tudo bem, já chegamos... Obrigadão pela carona, devo ter economizado mais de uma hora de buzão. Bom fim de semana pra você...

— Espera... Domingo pela manhã tem um concerto no Parque do Ibirapuera. Quer ir comigo? — propôs Urbano, num tom de reconciliação e amizade.

— Topo, sim. Eu te ligo amanhã e a gente combina onde se encontrar, tá legal?

*

Às dez em ponto do domingo, Urbano e Guto se encontraram diante do Planetário. Urbano chegou acompanhado de Valéria, sua sobrinha. Guto apareceu com Cláudio, vizinho e amigo de infância.

— Corremos quarenta minutos sem parar — anunciou Guto, enxugando o suor.

— Pode-se ver na cara de vocês... — comentou Urbano.
— Esta é Valéria, minha sobrinha... Ela é nutricionista.
— Oi — cumprimentou Guto, meio acanhado. — E esse é o...
— Cláudio — antecipou-se o próprio. — Sou o amigo vegetariano do Guto — informou para Valéria, sem tirar os olhos dela.

Urbano e Augusto permaneceram mudos diante dos dois recém-conhecidos. Valéria emendou à apresentação de Cláudio:

— A alimentação natural é a base para o equilíbrio espiritual — disse ela, fazendo Guto sorrir ao perceber nela o mesmo tom professoral de Urbano.

— Você tem razão — entabulou Cláudio. —A gente precisa estar preparado para o novo milênio...

— O sol hoje está tão quente, não é? — comentou Valéria, apontando a sombra de uma árvore.

— Mas tem uma brisinha suave, você não sente? — disse Cláudio, respirando fundo e enxugando o suor do pescoço com a própria camiseta.

Augusto e Urbano observaram os dois se afastarem, caminhando lentos e distraídos do mundo, concentrados em si mesmos.

— Ela nem disse oi pra mim — reclamou Guto, esperando algum comentário de Urbano. — O que foi que ela viu no Cláudio? Ele nem fez dezoito ainda... Quantos anos a Valéria tem?

— Vinte e três, se não me engano... Deixa os dois, eles se entendem — completou Urbano, sorrindo e puxando Guto em direção à multidão que se acomodava para o início do espetáculo.

— Antes dos primeiros acordes, Augusto descreveu para Urbano o sonho que tivera na noite de sexta-feira. Ele sonhara com a cidade do futuro. Era uma cidade sempre noturna, de luzes artificiais, de muitos sons e infinitas sensações. Não havia carros, apenas trens — subterrâneos, terrestres e aéreos.

Mas uma cena não saía da cabeça de Augusto, deixando-o impressionado com sua visão onírica: na cidade do futuro de seu sonho não havia crianças.

— E arquitetos, havia algum? — perguntou Urbano.

— Eu! Eu ficava o tempo todo projetando, preparando plantas...

— À mão ou no computador? — quis saber Urbano.

— Eu sabia que você ia me perguntar isso!

— E então? Responda...

— Ora, você sabe: à mão!

Quando o maestro ergueu a batuta para a abertura do concerto, uma grande nuvem escura encobria o sol alto que fervia a cabeça dos paulistanos. *Carmina Burana* era a majestosa obra regida com ímpeto, delicadeza e glória, para delírio dos milhares de cidadãos presentes.

Após meia hora de contemplação musical, Urbano propôs caminharem pelos jardins do parque. Os dois precisavam conversar. Urbano falou do trabalho no escritório:

— Eu não desprezo aqueles projetos, em hipótese alguma. Mas não é o sonho da minha vida ficar tocando casa de grã-fino e loja de *shopping*. Eu queria mais...

— Mais o quê?

— Queria me sentir mais útil!

— De que forma? — questionou Guto.

— É sobre isso que eu queria falar. Na verdade, queria ouvir sua opinião...

— Eu?! Endoidou de vez, Urbano?

— Eu explico. Ontem à noite, conversei com um amigo que não vejo há tempos. O Beto me ofereceu a possibilidade de trabalhar com ele na Secretaria do Meio Ambiente.

— Você não quer mais ser arquiteto?

— Claro que quero! Mas lá eu posso atuar numa outra área, trabalhar com algo que vai me fazer sentir muito melhor.

— Cuidado... Trabalhar pro Estado hoje não pode ser uma fria? Que tipo de trabalho é?

FUTURO FEITO À MÃO 33

— É uma equipe de estudo ambiental; grupos que elaboram relatórios de impacto sobre o meio ambiente para a instalação de indústrias. É um trabalho mais amplo, em conjunto com geógrafos e engenheiros. Quem sabe, depois, eu não te levo pra lá também!

Cláudio e Valéria cruzaram com Augusto e Urbano e quase não os viram. Guto chamou pelo amigo, mas ele se desculpou com o companheiro de domingão. Valéria fez o mesmo: piscando um olho para o tio, desconversou e puxou Cláudio pela mão, afastando-se novamente.

Augusto se mordia de inveja do amigo. Urbano pagou um sanduíche para Guto e, voltando ao espírito professoral de antes, começou a descrever os diversos tipos de árvores e plantas erguidas ao redor. Interessado, Augusto comentou, inesperadamente:

— Sabe de uma coisa: acho que não vou mais ser arquiteto... Quero ser jardineiro!

Urbano soltou uma gargalhada, deixando Guto embaraçado.

— Mas você não precisa abandonar a arquitetura pra isso, rapaz — alertou Urbano. — O que você pode fazer tem nome: *paisagismo*.

— Já sei... Posso ser um construtor de paisagens! — brincou Guto, que, naturalmente, sabia o que era paisagismo.

— Exatamente — confirmou Urbano, ainda falando a sério. E começou a explicar as funções de um paisagista, usando o próprio parque onde estavam como exemplo vivo do que dizia.

— Já ouviu falar em Burle Marx? — perguntou.

— Calma, professor — ironizou Guto. — Sei muito bem que foi um dos maiores paisagistas do mundo e que este parque foi planejado por ele. Ele desenhou o lago, escolheu as plantas e as árvores, pensou em todos os marcos visuais, enfim, fez o *layout* desse espaço público maravilhoso — exibiu-se Guto, para surpresa de Urbano.

O concerto terminara havia pouco, e a multidão dispersava-se em várias direções, antevendo o temporal que se aproximava, buscando abrigo para o aguaceiro que começava a molhar.

— Espera, Guto. Levanta a cabeça e deixa a água escorrer pelo rosto, não se esconda dela, não...

*

Augusto acordou febril na segunda-feira e não apareceu para trabalhar pela manhã. Quando chegou no escritório, próximo às duas da tarde, trombou com Urbano saindo para a rua.

— Ainda bem que te encontrei — disse Guto, aflito. — O Cláudio não apareceu em casa até agora, você sabe dele?

— Fique tranquilo, o seu amigo do peito está sendo muito bem tratado. A Valéria me ligou ontem à noite. Eles estão bem... bem até demais! Você é que parece doente, o que houve?

— Nada não, é só uma gripe — respondeu Guto. E ironizou as palavras de Urbano: — "Deixa a água escorrer pelo rosto". Olha só no que deu!

Urbano estava feliz, com um sorriso enorme estampado no rosto:

— Desculpe, mas tudo o que posso dizer agora é "boa recuperação", porque estou saindo... E não volto! Você vai ter de se virar sem mim de agora em diante!

— É... Eu já imaginava que isso fosse acontecer. E agora, o tal do Beto vai te arrumar aquele emprego?

— Não se preocupe comigo.

— Amigo? — perguntou Guto, abrindo os braços para seu ex-professor.

— Amigo! — devolveu Urbano, abraçando seu ex-aluno.

— Eu tenho um presente pra você — avisou Guto, puxando um canudo de papelão que trazia pendurado no ombro. De dentro do cartucho, puxou uma folha de vegetal imensa. — É a minha cidade do futuro. Meio caótica, meio diabólica, mas foi feita à mão... E de coração. Aceita?

LEONARDO CHIANCA • JANUÁRIA CRISTINA ALVES
ROSANA RIOS • GISELDA LAPORTA NICOLELIS
RICARDO GOUVEIA

Apreciando a Leitura

■ Bate-papo inicial

Os contos que você acabou de ler falam de diferentes profissões e dos dilemas, dificuldades e conflitos de quem as abraçou. Falam também das conquistas e realizações daqueles que delas fizeram não apenas um meio de sobrevivência, mas, principalmente, uma forma de ofertar aos outros e a si mesmos aquilo que têm de melhor.

Vamos aprofundar a leitura feita?

■ Analisando o texto

1. Com relação aos sentimentos predominantes nos personagens no que se refere à escolha da profissão, podemos fazer algumas aproximações entre os contos:

a) Na maioria dos contos, os personagens apresentam dúvidas em relação à escolha ou à continuidade do exercício de uma determinada profissão. Aponte o dilema de cada um dos personagens citados, o conflito que deu origem a cada conto.

- Samantha, de "O fator humano":

R.: _____

_____

_____

_____

- Urbano, de "Futuro à mão":

R.: _____

_____

_____

_____

- Vanessa, de "*Carpe diem*":

R.: _____

_____

_____

_____

- Chiko, de "Quando voam os dragões":

R.: _____

_____

_____

_____

b) Como cada personagem resolveu o conflito que você apontou? Justifique a escolha feita.
- Samantha:

R.: _____

_____

_____

_____

- Urbano:

R.: _____

_____

_____

- Vanessa:

R.: _____

_____

_____

- Chiko:

R.: _____

_____

_____

2. Dentre todos os contos, apenas um apresenta um profissional que assume plenamente sua carreira, com suas dificuldades e suas limitações, mas sem conflito. Identifique o personagem e o conto em que aparece, explicando sua maneira de encarar a realidade e a profissão que escolheu.

R.: _____

_____

_____

_____

_____

3. Explique o título dos contos, relacionando-os ao conteúdo abordado.
a) "O fator humano":

R.: _____

_____

_____

_____

COLEÇÃO JABUTI

Adeus, escola ▼◆🗐☒
Amazônia
Anjos do mar
Aprendendo a viver ◆❋■
Aqui dentro há um longe imenso
Artista na ponte num dia de chuva e neblina, O ✳★⊕
Aventura na França
Awankana ✎☆⊕
Baleias não dizem adeus ✳🕮⊕○
Bilhetinhos ✿
Blog da Marina, O ⊕✎
Boa de garfo e outros contos ◆✎❋⊕
Bonequeiro de sucata, O
Borboletas na chuva
Botão grená, O ▼✎
Braçoabraço ▼♫
Caderno de segredos ❏◉✎🕮⊕○
Carrego no peito
Carta do pirata francês, A ✎
Casa de Hans Kunst, A
Cavaleiro das palavras, O ★
Cérbero, o navio do inferno 🕮☑⊕
Charadas para qualquer Sherlock
Chico, Edu e o nono ano
Clube dos Leitores de Histórias Tristes ✎
Com o coração do outro lado do mundo ■
Conquista da vida, A
Da matéria dos sonhos 🕮☑⊕
De Paris, com amor ❏◉★🕮❋☒⊕
De sonhar também se vive...
Debaixo da ingazeira da praça
Desafio nas missões
Desafios do rebelde, Os
Desprezados F. C.
Deusa da minha rua, A 🕮⊕○
Devezenquandário de Leila Rosa Canguçu ✦
Dúvidas, segredos e descobertas
É tudo mentira
Enigma dos chimpanzés, O
Enquanto meu amor não vem ●✎❋
Escandaloso teatro das virtudes, O ✦☺

Espelho maldito ▼✎❋
Estava nascendo o dia em que conheceriam o mar
Estranho doutor Pimenta, O
Face oculta, A
Fantasmas ⊕
Fantasmas da rua do Canto, Os ✎
Firme como boia ▼⊕○
Florestania ✎
Furo de reportagem ❏◉◉🕮♫⊕
Futuro feito à mão
Goleiro Leleta, O ▲
Guerra das sabidas contra os atletas vagais, A
Hipergame ᵍ🕮⊕
História de Lalo, A ❋
Histórias do mundo que se foi ▲✎✿
Homem que não teimava, O ◉❏✿♫○
Ilhados
Ingênuo? Nem tanto...
Jeitão da turma, O ✎○
Lelé da Cuca, detetive especial ☑✿
Leo na corda bamba
Lia e o sétimo ano ✎■
Luana Carranca
Machado e Juca ✝▼●☞☑⊕
Mágica para cegos
Mariana e o lobo Mall 🕮⊕
Márika e o oitavo ano ■
Marília, mar e ilha 🗐✎⊕
Matéria de delicadeza ✎☞⊕
Melhores dias virão
Memórias mal-assombradas de um fantasma canhoto
Menino e o mar, O ✎
Miguel e o sexto ano ✎
Miopia e outros contos insólitos
Mistério mora ao lado, O ▼✿
Mochila, A
Motorista que contava assustadoras histórias de amor, O ▼●🗐⊕
Na mesma sintonia ⊕■
Na trilha do mamute ■✎☞⊕
Não se esqueçam da rosa ♠⊕
Nos passos da dança

Oh, Coração!
Passado nas mãos de Sandra, O ▼◉⊕○
Perseguição
Porta a porta ■🗐❏◉✎❋⊕
Porta do meu coração, A ◆♫
Primeiro amor
Quero ser belo ☑
Redes solidárias ◉▲❏✎♫⊕
Reportagem mortal
romeu@julieta.com.br ❏🗐❋⊕
Rua 46 ✝❏◉❋⊕
Sabor de vitória 🗐⊕○
Sambas dos corações partidos, Os
Savanas
Segredo de Estado ■☞
Sete casos do detetive Xulé ■
Só entre nós – Abelardo e Heloísa 🗐■
Só não venha de calça branca
Sofia e outros contos ☺
Sol é testemunha, O
Sorveteria, A
Surpresas da vida
Táli ☺
Tanto faz
Tenemit, a flor de lótus
Tigre na caverna, O
Triângulo de fogo
Última flor de abril, A
Um anarquista no sótão
Um dia de matar! ●
Um e-mail em vermelho
Um sopro de esperança
Um trem para outro (?) mundo ✖
Uma trama perfeita
U'Yara, rainha amazona
Vampíria
Vida no escuro, A
Viva a poesia viva ●❏◉✎🕮⊕○
Viver melhor ❏◉✎
Vô, cadê você?
Zero a zero

★ Prêmio Altamente Recomendável da FNLIJ
☆ Prêmio Jabuti
✳ Prêmio "João-de-Barro" (MG)
▲ Prêmio Adolfo Aizen - UBE
☄ Premiado na Bienal Nestlé de Literatura Brasileira
☞ Premiado na França e na Espanha
☺ Finalista do Prêmio Jabuti
✿ Recomendado pela FNLIJ
✖ Fundo Municipal de Educação - Petrópolis/RJ
✿ Fundação Luís Eduardo Magalhães

● CONAE-SP
⊕ Salão Capixaba-ES
▼ Secretaria Municipal de Educação (RJ)
■ Departamento de Bibliotecas Infantojuvenis da Secretaria Municipal da Cultura/SP
◆ Programa Uma Biblioteca em cada Município
❏ Programa Cantinho de Leitura (GO)
♠ Secretaria de Educação de MG/EJA - Ensino Fundamental
☞ Acervo Básico da FNLIJ
✦ Selecionado pela FNLIJ para a Feira de Bolonha

✎ Programa Nacional do Livro Didático
🕮 Programa Bibliotecas Escolares (MG)
ᵍ Programa Nacional de Salas de Leitura
🗐 Programa Cantinho de Leitura (MG)
◉ Programa de Bibliotecas das Escolas Estaduais (GO)
✝ Programa Biblioteca do Ensino Médio (PR)
❋ Secretaria Municipal de Educação/SP
☒ Programa "Fome de Saber", da Faap (SP)
♫ Secretaria de Educação e Cultura da Bahia
○ Secretaria de Educação e Cultura de Vitória

13. Faça uma entrevista com alguém que exerça uma profissão que o(a) atraia. Pergunte-lhe sobre as dificuldades e sobre as recompensas da carreira que escolheu. Faça perguntas criativas, procure "olhar com o coração" o objetivo de sua pesquisa, sem ficar preso a questões sobre remuneração, prestígio etc.

14. Imagine uma série de argumentos que um "advogado do diabo" poderia apresentar-lhe, tentando demovê-lo(a) de seguir a carreira que almeja. Imagine também que quem lhe apresenta esses argumentos é um membro de sua família. Escreva-lhe uma carta contra-argumentando, defendendo a escolha feita.

15. Escreva uma cena para uma apresentação teatral, abordando o tema da escolha das profissões ou o dia a dia de um profissional qualquer. Procure ser bem criativo(a), crie diálogos interessantes, use todo seu bom humor. Depois, reúna-se com seu grupo de trabalho, escolha uma das cenas produzidas e represente-a para a classe.

Para qualquer comunicação sobre a obra, entre em contato:

SARAIVA Educação Ltda.
Avenida das Nações Unidas, 7221 – Pinheiros
CEP 05425-902 – São Paulo – SP
Tel.: (0XX11) 4003-3061
www.editorasaraiva.com.br

Escola: _____

Nome: _____

_____

Ano: _____ Número: _____

Esta proposta de trabalho é parte integrante da obra *Futuro feito à mão*. Não pode ser vendida separadamente. © SARAIVA Educação Ltda.

b) "Futuro feito à mão":

R.: _____

_____

_____

_____

c) "*Carpe diem*":

R.: _____

_____

_____

_____

d) "Quando voam os dragões":

R.: _____

_____

_____

_____

e) "Olhar com o coração":

R.: _____

_____

_____

_____

4. Em todos os contos aparecem argumentos que poderíamos atribuir aos chamados "advogados do diabo", isto é, argumentos que procuram apontar os problemas, as dificuldades que os personagens terão se abraçarem uma determinada profissão ou se seguirem os caminhos que escolheram. Aponte os argumentos que aconselhavam:
a) Samantha a abandonar seu cargo.

R.: _____

_____

_____

b) Urbano a continuar em seu emprego massificante.

R.: _____

_____

_____

c) Vanessa a fazer um concurso público, abandonando sua carreira de advogada.

R.: _____

_____

_____

d) Chiko a não abraçar a profissão desejada (Arquitetura).

R.: _____

_____

_____

Foco Narrativo

5. Qual o foco narrativo utilizado no conto "Olhar com o coração"? Por que a autora teria escolhido esse ponto de vista?

R.: _____

_____

6. Qual o foco narrativo utilizado nos demais contos? Justifique sua resposta.

R.: _____

_____

Linguagem

7. Cada profissão tem um conjunto de termos próprios, um vocabulário específico. Por isso, aparecem ditos jocosos como "Não entendo economês" para referir-se ao vocabulário hermético dos economistas. Escolha uma das carreiras abordadas nos contos deste livro e faça uma pesquisa sobre termos específicos que utiliza.

_____

_____

_____

_____

_____

8. No conto "O fator humano" aparecem muitos termos que foram recentemente incorporados ao nosso vocabulário, como "acessar", "deletar", "navegar na rede". Procure outros exemplos dessas novas aquisições da língua.

_____

_____

Diálogo entre Textos

9. O filme "Sociedade dos poetas mortos" (EUA, 1989, direção de Peter Weir) fala de muitos pontos abordados neste livro: a vontade de modificar as condições de trabalho, a importância de realizar um trabalho criativo e inovador e seguir a carreira que se almeja, a influência da família na escolha da carreira dos filhos, além de falar bastante sobre a expressão "carpe diem", lema do professor protagonista do filme. Procure vê-lo.

Avaliação Pessoal

10. Se você tivesse interesse em uma determinada carreira, sabidamente concorrida e mal-remunerada, com poucas chances de sucesso, você a abraçaria? Justifique sua opção.

11. Se você estivesse no lugar do médico do conto "Olhar com o coração", agiria como ele? Por quê?

■ Redigindo

12. Neste novo milênio, o mercado de trabalho não é mais o mesmo. As habilidades tradicionais já não bastam para arrumar emprego numa economia em que há mais candidatos que vagas disponíveis. Faça uma pesquisa para saber quais as novas exigências desse mercado altamente competitivo e redija uma reportagem.

DIREITO

Carpe diem

(Aventuras e desventuras de uma advogada recém-formada)

Tantos sonhos! Sentada em frente à mesa do seu escritório, Vanessa pensa na vida. Fora uma longa trajetória, desde que, aos três anos, entrara no curso maternal. Irrequieta, garota hiperativa, deixava a mãe meio louca. O jeito foi uma escola montessoriana, onde a puseram a bater pino, um brinquedo pedagógico para descarregar o excesso de energia.

Ficou nessa escola até completar o colegial, hoje chamado de ensino médio. Daí partiu para o cursinho, o vestibular e, finalmente, a sonhada faculdade de Direito.

Aluna brilhante, querida dos professores, fez todos os estágios possíveis, estudou a fundo a matéria. O dia da formatura foi a maior realização da sua vida. Professores e colegas prognosticaram-lhe um belo futuro.

Bacharel, beleza! Agora era passar no exame da OAB e ir à luta! Por sorte do destino, o pai fora advogado por muitos anos, antes de ingressar como Procurador do Estado e depois juiz de Direito. Aposentado, só queria mexer com o seu computador, *"dolce far niente"*, como ele mesmo dizia.

O escritório dele, porém, ainda estava lá, do tempo em que exercia a profissão. Filha formada, o pai reformou a sala, instalou um computador de última geração e entregou-lhe a chave:

— A casa é sua, boa sorte!

Agora Vanessa se dá conta de que está onde sempre quis. Apesar de o pai incentivá-la a prestar um concurso público, prefere advogar. Sente atração irresistível pela luta diária, defendendo os clientes, dando o sangue por eles.

Contratou uma jovem estudante, a Daiana, que fica algumas horas por ali, ajudando-a. Atende o telefone, anota recados, vai ao banco pagar contas, depositar cheques, ao correio. Sem a Daiana ela nem saberia como se virar. Estar nas audiências e ao mesmo tempo encarar filas, nem pensar.

Só que a profissão, para quem se inicia praticamente sozinha, não é fácil; muito pelo contrário, é um desafio diário. Ainda bem que não tem de pagar aluguel, senão seria um desastre total. Ela se considera privilegiada, pois arca apenas com o condomínio do prédio e o IPTU da sala, por questão de orgulho pessoal. O pai queria assumir as contas como sempre fizera, mas ela bateu o pé. Não quer passar por irresponsável, que só ganha e não paga.

De início, marcou bobeira. Convidou mais três pessoas para formar uma banca de advocacia: duas garotas e um rapaz, colegas de faculdade. Uma das garotas desistiu no segundo mês, voltando a estudar para prestar concurso público. Com os outros dois a parceria durou mais um pouco. A advogada, porém, não se esforçava o suficiente e acabou saindo; e o amigo, que não queria dividir meio a meio os honorários, acompanhou-a.

O pai, que torcera o nariz desde o começo com tantos sócios, ficou mais aliviado. Mas Vanessa se apavorou: agora só podia contar consigo mesma. Exagero. O pai a ajuda e muito. Caso encrencado, causa complicada, ela pega o telefone. Paciente, ele dá as dicas. Pudera, é uma enciclopédia de Direito. Poderia estar trabalhando com ela, ali no escritório. Mas, definitivamente, o pai quer sossego. Presta consultoria gratuita e ponto final.

Começa a rir quando se lembra do que já passou desde que começou a advogar. No começo morta de medo, falava para a mãe:

— Nunca fiz uma audiência na vida, nem sei como agir.

— Todo mundo começa — rebatia a mãe. — Vai lá e aprende na raça.

Foi lá, aprendeu. Além dos clientes particulares, ofereceu-se como advogada dativa (que defende os réus que não podem pagar advogado). A Procuradoria do Estado, que presta assistência judiciária gratuita, não dá conta. É uma coisa meio utópica, porque o Estado paga mal, e para receber os honorários é preciso mover processo de cobrança contra ele. Depende de perito para julgar o valor adequado. Quando soube disso, comentou com o juiz da vara:

— Se tiver de pagar perito, Excelência, desisto. É capaz de ficar mais caro do que eu tenho para receber.

O juiz concordou com o argumento, mas não tinha escolha. O procedimento era esse. Paciência. Continuou defendendo os seus clientes, com unhas e dentes. Ficou tão conhecida lá no fórum que, um dia, chegando toda esbaforida, escutou um velhinho, pai de um réu, clamando:

— Eu quero aquela advogada de olhos verdes pro meu filho. Ela defende direito todo mundo.

Pronto-socorro judiciário. Faltando advogados de defesa, os juízes se socorrem dos defensores dativos, que eles chamam de "os abnegados". Às vezes, vem telefonema de determinada vara: urgente. Como a sala é em frente ao fórum (santo pai), é só descer correndo as escadas e se apresentar. Sem advogado de defesa para se contrapor ao promotor, não há julgamento. O direito de defesa é um direito universal, consagrado nas constituições de todos os países civilizados. Até provarem o contrário, a pessoa é considerada inocente.

Às vezes, porém, dá problema ser tão querida pelos clientes. Quando consegue a absolvição de um, vai a família toda lá no fórum para agradecer. Pai, mãe, mulher, filhos, vizinhos. Aí ela se comove, fica com os olhos marejados de lágrimas; é assim mesmo, o que vai fazer, adora defender o pessoal humilde que espera tanto dela.

Lembra de um julgamento com três réus e três defensores dativos. Ela, mais uma advogada de meia-idade que roía as unhas até a carne e um advogado sem idade definida, cabelo moldado a gel e ar de sapiência no rosto. A certa altura, ele declarou solene:

— Como são três os *réis*, Excelência...

Sua Excelência segurou de tal forma a risada que até ficou vermelho, dentro da toga negra que é obrigado a usar, apesar do calor tropical. Só falta a peruca branca dos magistrados ingleses.

As amigas a chamam de trouxa. Onde já se viu, trabalhar sem ganhar nada, na expectativa de uns trocados? Se duvidasse, contratando o perito, ia pagar para trabalhar. Vanessa revida:

— Estou pegando prática; além disso, quem vai defender aquela gente tão desvalida?

— Madre Teresa de Calcutá, você devia é ser missionária na Índia — devolve a amiga mais chegada.

Os pais apoiam:

— Pegar prática é importante, dinheiro não é tudo na vida, veja o meu caso — diz a mãe. — Eu lutei anos a fio pra realizar os meus sonhos. Ainda bem que tive uma infraestrutura familiar que me permitiu a espera. É também o seu caso.

— Mas até quando? — rebate Vanessa.

— Será que não é hora de você pensar seriamente em fazer um concurso público? — pergunta o pai, insistente, sempre a velha ladainha.

Olha o cartão que mandou fazer caprichado. "Dra. Vanessa..., advogada." Devia ter posto embaixo: Clínica Geral. Porque ela aceita tudo. Direito do Trabalho: o empregado quase sempre ganha; melhor assim. Afinal, quem paga seus funcionários corretamente, respeitando todos os seus direitos, não precisa se preocupar, não é? Direito de Família: há casais que agem de forma civilizada quando se separam, graças a Deus. Dividem os bens, entram em acordo quanto à guarda dos filhos. Infelizmente, a natureza humana é imprevisível. Às vezes, ela pensa que se Dante ainda fosse vivo incluiria a Vara de Família na antecâmara do inferno, tais as lamentáveis cenas que presencia.

Lembra-se de um caso tragicômico que lhe contaram: um casal em vias de separação se atracou na frente do juiz. Decidido, ele ameaçou prendê-los. Por receio, eles se contiveram. Acabada a audiência, o advogado voltou à sala, desesperado:

— Excelência, eles estão se pegando lá na frente do fórum.

O juiz respondeu na maior calma:

— Da porta pra fora do fórum não é mais minha competência, doutor. Chame a polícia.

Vanessa atua também como criminalista. Adora Direito Penal, pensa até em fazer pós-graduação nessa matéria. Já foi convidada a funcionar no júri, ou seja, trabalhar como defensora no júri. Quando tiver coragem suficiente, aceita.

Enfrenta tanto delegacia quanto casa de detenção ou penitenciária. Dessa última, lembra-se bem: senha no bolso, portões fechando-se atrás dela como compartimentos estanques, o carcereiro avisou:

— Vê se não perde a senha, doutora, senão fica por aqui mesmo, não sai de jeito nenhum.

Como cuidou daquela senha! A cada minuto apalpava o bolso. Inexperiente, comentou com um funcionário se advogado corria perigo por ali. A maior gafe da sua carreira. O outro respondeu, tranquilo:

— Nenhum, doutora. Eu mesmo sou um detento de bom comportamento.

Aos poucos perdeu o medo, agora entra e sai das delegacias, casas de detenção (onde os presos, em tese, esperam julgamento) e penitenciárias (onde eles cumprem a pena) numa boa. Questão de hábito.

Aliás, lembra com tristeza, o sistema carcerário no Brasil está se tornando um dos maiores problemas, coisa terrível, haja vista as rebeliões que se sucedem em todos os pontos do país. A superlotação é o maior inimigo de qualquer propósito de reabilitação. Amontoados em celas, às vezes com o dobro e até o triplo do que normalmente caberia, fazendo turnos para dormir, sujeitos à promiscuidade e doenças... Como se espera que esses presos se reabilitem? Se não fosse a ação voluntária de alguns abnegados, a coisa ainda seria pior.

Nos Estados Unidos são dez vezes mais presos que no Brasil. Também a população americana é praticamente o dobro da nossa. Estão até construindo navios-prisões por lá, para solucionar o problema. Mas se aqui fossem cumpridos todos os mandados de prisão, não haveria lugar para tanto preso. Ou se constroem mais prisões, o que fica muito caro para o Estado, ou se mandam para a cadeia apenas os criminosos mais perigosos, transformando as outras penas em multas ou trabalhos comunitários, o que muitos juízes já vêm fazendo, conscientes da dramática situação.

Há, também, o lado gaiato da profissão, que é enfrentar as gracinhas dos funcionários de cartórios. Outro dia, um deles brindou Vanessa com esta:

— Em que posso servir uma gatinha tão linda?

— Pra você eu sou a doutora Vanessa e quero ver tal processo.

O outro nem titubeou. Lá se foi resmungando buscar o tal processo. Mas as mulheres, às vezes, são piores. Outro dia, uma funcionária não queria alcançar um processo porque a escada sumira e ela não ia subir em cadeira, nem morta.

Juiz esperando, o processo só apareceu depois que, acionada, a diretora do departamento descobriu a bendita escada em outra seção.

Se dos clientes dativos vai demorar para receber, com os particulares nem sempre a coisa é mais fácil. Já não cobra muito para não assustá-los. E alguns ainda têm a ousadia de ligar:

FUTURO FEITO À MÃO **41**

— Por favor, doutora, segure meu cheque.

— Até quando?

— Por uns dias... Eu aviso quando a senhora puder depositar.

— Mas eu também pago contas, amigo, sabia?

— É que eu tive um baque este mês, desculpe.

— E o advogado você deixou pra pagar por último, não foi?

Até dá para imaginar o sorriso amarelo do outro lado da linha. Há clientes que simplesmente somem, sem deixar endereço, e com processos em andamento. Muitos pagam, claro. Ela aprendeu que os mais pobres às vezes são melhores pagadores. E aqueles que contam grandeza vêm com altos papos, os piores.

Mas ela não desiste. Quando toca o telefone, é um novo alento, cliente chegando. Segue a tabela da Ordem que determina um mínimo a ser cobrado para cada causa. A mãe dá a dica:

— Quando der um preço, ponha um pouco a mais por mim. Você não sabe cobrar, filha.

Não sabe mesmo. Processo correndo em fórum de outra cidade, carro quebrado, tem de pagar táxi, uma nota. Nem lembrou de incluir combustível ou condução nos honorários. Às vezes, gasta uma fortuna com o táxi, chega ao fórum... Cadê a testemunha? Nem apareceu. Viagem perdida. Mas ela tem de estar lá, é a sua obrigação.

Mas ela insiste. Se todo bacharel em Direito prestasse concurso para Procurador do Estado, delegado de polícia, promotor ou juiz de Direito, quem afinal advogaria?

Sua primeira cliente, como poderia esquecer? Quase a carregou no colo quando entrou no escritório. Caso de separação litigiosa, uma barra. O marido, um machista meio enlouquecido.

Frente ao juiz, revoltado com a mulher que ousara se separar dele, e por tabelinha com a advogada, partiu para cima dela aos berros:

— Sua filhinha de papai, pensa que pode chegar pra um homem vivido como eu e dizer essas coisas? Garanto que estudou em faculdade paga! Vou te ensinar...

Contido pelo próprio advogado, foi arrastado da sala, enquanto o juiz, sem jeito, tentava pôr ordem no recinto. Vanessa ganhou a causa, mas ficou dias um tanto assustada, com medo de estar sendo seguida pelo tal sujeito.

Outro caso, esse mais gratificante: um rapaz contratou-a para mudar seu nome, motivo de enorme humilhação. Os pais, querendo uma filha, deram-lhe o nome de Abigail.

Na audiência, a juíza inquire a testemunha:

— Você não achou estranho o seu vizinho se chamar Abigail, sendo homem?

— Não, senhora.

— Por quê?

— Ora, minha mãe se chama Abigail. A juíza virou-se para ela, sorridente:

— Nem precisava de testemunha, não é, doutora?

Nome trocado, final feliz. Certo dia, toca o telefone:

— Alô, doutora Vanessa, é o Ricardo.

— Ricardo... Desculpe, mas não me lembro...

— O Abigail, lembra? A senhora nem imagina como estou feliz. A mudança de nome fez de mim outra pessoa. Deus lhe pague!

Esse foi um que, mesmo com dificuldade, pagou direitinho os honorários. Garoto legal!

Está no meio desses pensamentos, quando toca o interfone. A Daiana já foi embora, tem aula depois do almoço, trabalha só meio período. Atende. É um cliente seu, que cumpre pena por roubo. A mulher tivera um parto complicado. Como o rapaz já cumprira um sexto da pena, ela conseguira permissão de visita para que ele conhecesse o filho.

Abre a porta do escritório, dá com o rapaz, a mulher com o bebê no colo e uma senhora de idade, a mãe dele, que carrega uma grande sacola.

— A senhora foi muito boa pro meu filho, a gente nem sabe como agradecer. Então trouxemos um presente. Coisa boa, doutora, vai lhe fazer bem, a senhora é tão magrinha...

Espantada, pega a sacola, abre. Lá dentro, mal-acomodado está...

— Um pato! — exclama sem querer acreditar no que vê.

— Uma pata — corrige a outra. — Ela bota uns ovos maravilhosos pra fazer gemada.

"O que eu faço?", pensa rápido. Mais rápido ainda, garante:

— Que beleza! É justamente o que eu estava precisando. Vocês aceitam um café?

Tomam café com bolachas, saem felizes da vida, missão cumprida. Ela fica ali, olhando para a sacola em que, cada vez mais mal-acomodada, a pata rebola, aflita.

O zelador, que passava por acaso e conhece Vanessa desde menina, espia pela porta, curioso:

— O que você tem aí, Vanessa, posso saber?

— Uma pata! Imagine só, ganhei de um cliente, mas moro em apartamento, o que eu vou fazer com ela?

— Posso dar uma sugestão?

— Deve, por favor.

— Tenho um galinheiro nos fundos da minha casa. Minha mulher adora criação. Se você quiser, eu levo a pata.

Estende a sacola, puro alívio:

— Eu agradeço muito. Mas o senhor não vai de metrô pra casa?

— Ah, Vanessa, estou acostumado, não se preocupe. Se você soubesse o que já levei de embrulho no metrô.

Pata entregue, toma outro café. Sente-se feliz, como nunca se sentira desde que abrira o escritório. A pata fora a senha: está no caminho certo.

Demore o tempo que for, Vanessa sabe que vai vencer. Nem precisa ficar tão famosa quanto esses advogados que co-

bram milhares de reais por um parecer jurídico. Se ficar, tanto melhor. Mas seu objetivo de vida é ser uma profissional competente, respeitada, ganhando o suficiente para sua independência econômica.

Isso não impedirá que ela continue sendo defensora dativa, enquanto der para conciliar com o movimento do escritório. Gosta do que faz, tem direito a seus sonhos. "Madre Teresa de Calcutá" — e daí? Ninguém tem nada com isso.

Olha à sua volta. Que escritório bacana o pai montou para ela. Computador, fax. Quando ele abriu sua primeira banca de advogado, numa sala humilde ali perto, nem telefone tinha.

Dizem que se balançar uma árvore em Minas Gerais, cai um escritor; se balançar no resto do país, cai um advogado. O que importa? Ainda que as faculdades de Direito despejem por ano centenas de novos profissionais no mercado, sempre haverá lugar para jovens de garra que queiram fazer um bom trabalho.

O sonho não acabou; ele continua. O sonho é como uma criança: primeiro é fecundada, depois passa meses no ventre materno, aí nasce. E nasce chorando, porque sai de um lugar tão macio, escuro e silencioso, para o mundo aqui fora, cheio de luz, ruídos, desafios.

Mas bem ou mal essa criança cresce, aprende a engatinhar, depois se levanta e anda. E corre, e se agita. E se tiver a sorte de não ser uma criança abandonada, ou explorada em trabalho escravo por aí, nos canaviais, carvoarias ou fábricas de sapatos da vida, ela entrará na escola, fará o primeiro grau, o segundo — que poderá ser profissionalizante —, e até, se for esta a sua escolha, cursará uma faculdade.

Depois irá à luta! Aí já será um adulto, e só contará, na maior parte do tempo, com o próprio esforço. Alguns são privilegiados — como ela — e pegam o ônibus já andando. Outros nem sabem onde fica o ponto do ônibus, vão precisar descobrir. Talvez ingressando num escritório como advogado contratado, ganhando pequeno salário de início, ou se preparando para concurso público, onde concorrerá com milhares de candidatos...

Vanessa abre a janela; ainda há sol forte lá fora. O céu está azul, céu de brigadeiro. Sorri, aliviada.

Carpe diem, aproveite o dia! Pensamento positivo. Afinal, como dizia sua avó: "os anjos podem estar passando... dizendo amém!".

Quando voam os dragões

Chiko, que se pronuncia "Quico", encostou firme os ombros na parede lisa e curva e tentou alcançar a parede oposta com os pés. Quase dava. Quase. Ele largou o corpo, desanimado. Não havia mesmo esperança de sair dali: as duas paredes paralelas, sinuosas e lisas como vidro, formavam um corredor sem fim, dando voltas e voltas sobre si mesmo, bifurcando-se, cruzando, entrecruzando, subindo, descendo. Sabia, grosso modo, para que lado estava indo — norte, sul, leste, oeste — graças ao Sol que brilhava no céu totalmente azul, mas era impossível seguir em uma determinada direção; tinha de acompanhar as curvas caprichosas do labirinto. O céu aberto de pouco lhe valia, as paredes tinham mais de três metros de altura; sua única esperança de escalá-las morrera com aquela última tentativa frustrada.

No centro, ele sabia, o terrível dragão, expelindo labaredas de enxofre por suas ventas dilatadas e frementes, lambendo os beiços com sua língua verde e bifurcada, aguardava indócil, pronto a dilacerá-lo vivo com suas afiadas garras recurvas e devorá-lo lentamente, pedacinho por pedacinho.

Sentiu-se percorrer por um arrepio e abriu os olhos. O pequeno luminoso diante dele estava aceso: APERTAR CINTOS – NÃO FUMAR. Ele já estava de cinto e não fumava. De qualquer jeito, era proibido fumar naquele voo. Uma aveludada voz de mulher informava que eram nove horas e dez minutos, que estavam prestes a aterrissar no Aeroporto Internacional Bartholomeu de Gusmão, em Porto Capital, e que a temperatura local era de 40 °C. Qua-ren-ta graus. O avião estava descendo e, pela janela, viu uma nuvem assumir a nítida forma de um dragão. Outro arrepio.

Aquele era um pesadelo recorrente que o perseguia há meses, desde que tivera aquela conversa com o pai.

"Não tem importância", dissera o pai ao perder o emprego na construtora, o rosto tenso, crispado, tentando em vão disfarçar a raiva e o medo. "Sou um profissional de gabarito; em pouco tempo consigo um trabalho muito melhor do que aquele."

Não conseguiu, e agora prestava serviços à mesma construtora como autônomo, trabalhando mais e ganhando menos, mas isso, de fato, não vinha ao caso agora. A conversa que lhe vinha à lembrança acontecera algum tempo depois. Quando disse ao pai que pretendia se matricular no cursinho para Arquitetura.

Não que ele tivesse feito um escândalo ou coisa assim. Não, o velho não era disso, mas pior, ele se formalizara: "a vida é sua, faça o que achar melhor", e nunca mais tocara no assunto. Só resmungava consigo mesmo (mas suficientemente alto para ser ouvido) o quanto era lamentável, numa família de engenheiros há gerações, que justo o filho dele, justo o filho do engenheiro Benjamin Franklin de Moraes (o nome era em homenagem a um americano maluco que empinava papagaios no meio de tempestades só para tomar choque), justo o seu Chiko, queria estudar justo o quê? Arquitetura, coisa de artista irresponsável.

O "Doutor" Franklin era engenheiro por profissão, convicção, amor, mania e fé ilimitada nas leis imutáveis que regiam o seu pequeno, seguro universo mecanicista, onde tudo era projetável, programável, previsível. Dera ao filho o nome de Archimedes (em homenagem a um grego, também maluco, que não deu ouvidos à água da banheira quando ela disse "se você entrar eu saio", fez um esparramo danado e depois ainda deu o maior vexame, pelado na rua gritando "eureca") mas como as pessoas tinham preguiça de chamar um menininho de "Archimedes", acabou virando Chiko, que se pronuncia "Quico", escrito assim mesmo, com o "ch" de Archimedes, que se pronuncia "Arquimedes", mais o "k" que é para não confundir com um Chico qualquer, desses que se pronuncia "Xico".

Chiko não queria ser como o pai. Embora o respeitasse e admirasse, homem honesto que era, dedicado, esforçado, obstinado e, acima de tudo, um homem bom, Chiko queria voar mais alto. Arquitetura lhe parecera uma opção bastante próxima da Engenharia para apaziguar o pai, e era uma profissão que lhe permitiria criar, dar voz ao artista dentro dele, ao mesmo tempo com os pés no chão, podendo até ficar rico e famoso. Mas o "Doutor" Franklin tinha preconceitos contra arquitetos.

Chiko não queria ser como o pai, mas estava confuso. Sempre gostou de entender como as coisas funcionam, já tinha desmontado tudo quanto é eletrodoméstico em casa, mas detestaria ser forçado a estudar Engenharia, pois sua curiosidade era criativa: não conseguia imaginar-se debruçado sobre cálculos enfadonhos e repetitivos, vivendo em função daquilo como o pai, praticamente sem nenhum outro interesse na vida, só porque todo mundo na família era engenheiro. E isso para não ganhar nada que se possa apropriadamente chamar de "uma fortuna" e, ainda por cima, ser demitido sem mais nem menos depois de duas décadas de fidelidade canina. A interpretação do sonho recorrente era fácil: era exatamente assim que se sentia, perdido num labirinto sem saída, em cujo centro um futuro terrível, inescapável, preparava-se para devorá-lo.

Os três pequenos solavancos tiraram-no do devaneio: haviam pousado. Enquanto o avião corria pela pista, já dava para perceber através da janela o calor infernal que devia estar fazendo lá fora: era virtualmente visível.

Dali a alguns minutos, iria encontrar o tio Luigi Galvani de Moraes (o nome era em homenagem a outro maluco, um italiano que adorava dar choques elétricos em pernas de rã só para vê-las pular — só as pernas, sem rã, e mortas, ainda por cima). O tio Luigi era engenheiro, é claro. Um dos irmãos mais velhos do "Doutor" Franklin (eram dois velhos, além de dois mais novos, perfazendo quatro, mais o pai, cinco irmãos, todos homens), que Chiko só vira duas ou três vezes na vida quando era bem criança, mal se lembrava dele.

A ideia de mandá-lo passar uns dias em Porto Capital com o tio Luigi não partira do pai, mas da mãe. Com um ar misterioso, ela o convencera de que o tio poderia "ajudá-lo com uns bons palpites". Já que ela era subgerente de uma agência de turismo, e não engenheira, resolveu ir só para ver no que ia dar. O pai resmungou um pouco que ela não devia ficar pedindo passagens de favor para o patrão porque, como todo mundo sabe, favor sempre tem um preço, mas no fundo achou uma boa ideia.

Chiko saiu do avião já se preparando para enfrentar o calor, mas atravessou a passarela e entrou no terminal sem sentir mudança na temperatura. O ar condicionado parecia estar perfeito.

*

O engenheiro Luigi Galvani de Moraes tinha seus quase cinquenta anos e aparentava quase dez anos menos: alto, queimado de sol, não se via um só fio prateado no meio da cabeleira preta e lisa, com uma mecha sempre caída por cima do olho direito, que ele empurrava de volta com um gesto automático a cada poucos minutos. A coluna muito reta, barriga para dentro, ombros para trás, estava sempre impecavelmente de branco: sapatos, meias, calças de linho ligeiramente amarrotadas nos lugares certos, e a camisa social, com colarinho aberto e mangas cuidadosamente dobradas até logo acima dos cotovelos; tinha dois grandes bolsos no peito, estufados de lapiseiras, canetas, balinhas de alcaçuz, calculadora científica e régua de

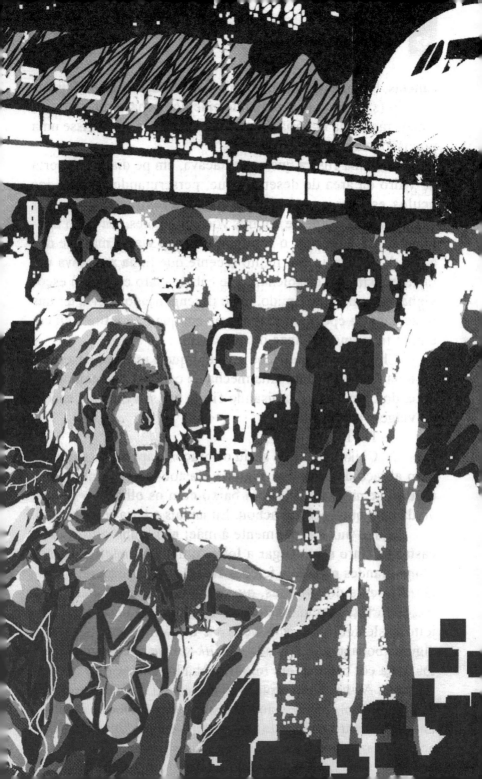

cálculo (sim, ele usava régua de cálculo. Achava mais prática e mais rápida na maioria dos casos em que não se exigisse uma precisão exagerada).

Era uma figura que se destacava, em pé diante da porta de vidro da área de desembarque, perscrutando através dos óculos escuros a multidão de passageiros recém-chegados quase simultaneamente em três voos diferentes, tentando imaginar como seria hoje o sobrinho que não via há mais de dez anos. A fotografia não muito recente que tinha mostrava um rapazinho magro e espichado, de cabelo claro cortado à escovinha, com um jeito tímido, meio desengonçado. Devia ter uns treze anos na época; na última vez em que o vira tinha cinco, e hoje teria uns... quinze ou dezesseis.

Chiko logo identificou a figura que a mãe lhe descrevera, toda de branco com uma mecha de cabelo preto caindo em cima do olho, e seguiu pisando firme em sua direção, sacola de viagem a tiracolo.

— Tio Luigi?

— Chiko! — Luigi abriu os braços e apertou o sobrinho num abraço de urso. Em seguida afastou-o, segurando-o pelos ombros, e mediu-o de alto a baixo com os olhos. — Rapaz, ainda bem que você me achou. Eu jamais o teria reconhecido.

Chiko puxara totalmente à mãe: não muito alto, cabelo castanho claro sem chegar a loiro, um brilho inteligente nos olhos grandes e verdes, feições finas, quase aristocráticas — tão diferente dos Moraes, quase todos altos, morenos, com traços fortes, para não dizer rudes. Um belo rapaz, apesar do jeito desleixado, de *jeans* velhos e disformes, camiseta com alguma bobagem estampada em *silk-screen* e tênis quase pretos, cuja cor original era impossível adivinhar. Coisa de adolescente. Afinal ele mesmo, Luigi Galvani de Moraes, quando tinha aquela idade, não se vestia muito melhor e hesitava entre duas carreiras: a de engenheiro e a de *hippie*. No fim, acabara fazendo as duas coisas, e não se arrependia disso.

— Trouxe mais alguma bagagem? Não? Então vamos indo para o estacionamento.

Luigi passou o braço pelo ombro de Chiko e deu um aperto como quem diz "taí, gostei de você", e os dois saíram andando em direção ao estacionamento como velhos conhecidos. Quando saíram do terminal, a sensação foi entrar numa espécie de sopa escaldante. O próprio ar parecia denso e pegajoso, e um sol enfurecido forçava passagem agressivamente através dele.

Luigi estava destrancando a porta do carro — um inacreditável Simca Chambord lilás, modelo mil-novecentos e nada, cheio de cromados reluzentes, em perfeito estado de conservação — quando soou o "bip" estridente do *pager.*

— Ué, quem poderia ser, em pleno domingo de manhã? — resmungou Luigi consigo mesmo, tirando o aparelhinho da cintura e examinando o recado: **ENTRAR EM CONTATO URGENTE COM ENGENHEIRO FONSECA NO AEROPORTO. EMERGÊNCIA NO SISTEMA DE AR CONDICIONADO DA TORRE DE CONTROLE.**

— Bem, Chiko — disse ele bem-humorado —, acho que a sua visita já vai começar com grandes emoções. Deixe a sua sacola aqui no porta-malas, e vamos até o bloco administrativo. É lá que fica o departamento de manutenção do engenheiro Fonseca. Dá para ir a pé, por dentro do terminal internacional.

Entrar novamente no terminal foi um verdadeiro alívio para Chiko, que já estava com a camiseta grudando no corpo. Lá dentro, pelo menos aparentemente, não havia nada de errado com o ar-condicionado.

*

— Luigi Galvani! — exclamou o engenheiro Fonseca quando eles entraram na sala. — Que diabos, homem, você é mágico? Não faz nem dez minutos que deixei o recado no seu *pager!*

Fonseca, um quarentão parrudo e bigodudo com a força de um touro (e uma certa parecença também), estava como que atolado atrás de uma escrivaninha atulhada de papéis, instrumentos, peças de máquinas, amostras de materiais, catálogos e telefones. Luigi explicou:

— Por coincidência eu estava aqui no aeroporto. Vim buscar meu sobrinho Archimedes, que acaba de chegar de São Paulo. Chiko, este é o Fonseca. Se você está interessado em manutenção de aeroportos, este é o cara que mais entende do assunto no Brasil.

— Não ligue para ele, rapaz. O seu tio sempre foi um grande puxa-saco.

— Puxa-saco, é? — Luigi piscou um olho para Chiko.

— Esse cara é que não é capaz de entender uma ironia sutil.

— Bem, chega de trocar gentilezas. A coisa aqui está séria, Luigi.

— O ar-condicionado me pareceu funcionar muito bem — aparteou Chiko.

— E funciona mesmo! — bradou Fonseca, orgulhoso como se fosse dele. — É a central de ar condicionado mais moderna, mais sofisticada e mais perfeita do país, talvez da América Latina.

— Então, qual é o problema? — insistiu Chiko. Foi Luigi Galvani quem respondeu:

— A instalação da torre de controle é um sistema totalmente independente da central principal, por questões de segurança. Tem duas unidades resfriadoras de água com compressores semi-herméticos, uma operante e uma de reserva. Afinal, o que aconteceu, Fonseca?

— O que aconteceu? Ele me pergunta o que aconteceu! A central está parada desde as sete da manhã. Agora são dez, o calor lá dentro está quase insuportável e ainda vai piorar muito. O pessoal não está aguentando, não dá nem para abrir as janelas, porque os vidros são fixos e duplos. E o equipamento já está dando sinais de estresse: computadores, radar, tudo. Não foram previstos para trabalhar nessas condições. Se não acharmos uma solução muito depressa, o aeroporto vai ter de ser interditado. — E ele concluiu, em tom de absoluta indignação: — E o tráfego aéreo será desviado para... para Serena!

Chiko não pôde deixar de sorrir. A absurda rivalidade, falada e comentada até em São Paulo, entre a grande metrópole Porto Capital e a sua pequena, porém atrevida, vizinha Serena d'Oeste, era objeto de uma infinidade de piadinhas e comparações sarcásticas.

— Mas o que foi que quebrou afinal? — perguntou Luigi.

— Os compressores.

— Os dois?

— Os dois.

— Como é possível?

— Um foi retirado na semana passada para recondicionamento. O outro queimou hoje de manhã, mas ainda não descobrimos o motivo.

— Humm... — fez Luigi. — E por que vocês não instalam um novo?

— Por quê? — repetiu Fonseca. — Você me pergunta por quê? Acaso conhece algum passe de mágica para fazer surgir do nada um baita de um compressor desses em pleno domingo?

— Sim. Um telefonema para a casa do dono da empresa que fez a instalação.

— Ela fica em São Paulo. Mesmo se eles tiverem em estoque, não seria para hoje. De qualquer jeito, ainda teríamos de fazer a descontaminação do sistema, fazer vácuo, tudo isso demora. Estou vendo que, até esse compressor aparecer, vamos ter mesmo de desviar os voos para... — Ele pronunciou como se fosse algo de baixo calão: — Serena.

— Humm... — fez Luigi de novo. — Um probleminha bem interessante.

— Probleminha? Interessante? Acontece uma catástrofe, e ele chama de "um probleminha bem interessante"! — arremedou Fonseca, irritado.

— Acho melhor dar uma olhada na casa de máquinas — comandou Luigi, ignorando o comentário.

*

Chiko seguiu os dois homens, que discutiam animadamente, em jargão quase incompreensível, algum problema hipotético que não tinha nada a ver com os compressores do ar-condicionado da torre de controle.

Caminharam através dos labirínticos corredores do bloco administrativo e finalmente saíram para o calorão do lado de fora, que parecia ter piorado ainda mais. Uma fumacinha subia do asfalto derretido, que grudava na sola do tênis. Ele lembrou-se do sonho.

Atravessaram o estacionamento dos funcionários, depois seguiram por cima de um grande gramado malcuidado, em direção à torre de controle, que lembrava um enorme, absurdo cogumelo futurista misteriosamente brotado da terra seca, a pouca distância do feioso e pesadão bloco administrativo. Chiko gostaria muito de saber quem teria sido o arquiteto que perpetrara aquela monstruosidade.

A casa de máquinas era uma excrescência cúbica de concreto aparente e sem janelas, com um dos lados abraçando a base da torre. As grandes portas duplas de aço estavam totalmente abertas e de lá vinha um ruído surdo e contínuo.

— Mandei deixar tudo aberto para trabalhar com cem por cento de ar exterior — explicou Fonseca ao entrar, alterando a voz para ser ouvido no meio da zoeira. Deu de ombros: — Mas não sei se adianta muito, com o ar exterior a mais de quarenta graus e saturado de umidade.

Chiko olhou em volta: a sala de máquinas era ampla, toda azulejada e impecavelmente limpa.

— Chiko, venha até aqui — gritou Luigi do outro lado da sala. — Vou explicar para você como isto funciona.

— Luigi, tenha a santa paciência! — gritou Fonseca. — Isto é uma emergência, não é hora de brincar de escolinha!

— Se ele entender como funciona — gritou Luigi calmamente —, serão três as cabeças a pensar. Não vai levar mais que alguns minutos.

E passou a mostrar os diversos componentes, explicando, quase aos gritos, o funcionamento do sistema. Chiko gostou do jeito de explicar do tio, esgueirando-se agilmente por entre máquinas e tubulações sem sequer roçar nelas com suas imaculadas roupas brancas. Com ele explicando, tudo parecia muito claro e simples: um circuito de refrigeração, do qual fazia parte o compressor queimado, resfriava água dentro de um grande tubo de aço, o *cooler*, e essa água era bombeada através de tubos isolados até os diversos condicionadores lá em cima na torre, onde circulava por serpentinas de tubos de cobre, esfriando o ar que passava por elas. "É como um radiador de automóvel ao contrário", explicara Luigi. "No radiador, o ar esfria a água, aqui a água esfria o ar."

— Os condicionadores lá em cima são pequenos — gritava Luigi — e distribuídos por diversos pontos estratégicos nos ambientes. São chamados de "unidades de indução", porque não contêm ventiladores nem peças mecânicas para evitar manutenção no local. O ar do ambiente circula arrastado ou "induzido" por um "ar primário", injetado em alta velocidade. Esse ar primário é produzido aqui, neste condicionador — ele mostrou uma grande estrutura onde entravam e saíam tubos, canos, dutos e condutos —, e forçado até lá em cima através de dutos de alta pressão pelo ventiladorzão que está lá dentro. E é ele que faz este barulho todo! — encerrou Luigi, num berro final, fazendo ao mesmo tempo um gesto para Fonseca — Vamos embora!

— Embora para onde? — gritou Fonseca, perplexo.

— Vamos! — gritou Luigi, impaciente, já saindo e levando Chiko pelo braço. Fonseca deixou cair os braços em

FUTURO FEITO À MÃO

exasperação, balançou a cabeça e saiu atrás deles. Já a uma certa distância do barulho, protestou:

— Aonde diabos você pensa que está indo?

— Ao restaurante. — O tom era determinado e indicava claramente que ele não pretendia explicar mais nada antes de chegar lá.

— Gênios! — Fonseca bufou, e continuou andando atrás deles, ruminando seus pensamentos. Gênios. Luigi Galvani era um deles, sem dúvida, isso não se podia negar. Fora seu colega muito tempo na Porto Capital Engenharia e Construções, até a empresa fechar depois de se envolver em certos negócios suspeitos com gente do governo. Fonseca tivera sorte, arranjara logo o emprego de gerente de manutenção do aeroporto, de cuja construção participara na época da PCEC. Já Luigi, apesar da reputação de ser competente, não recebera nenhum convite, provavelmente por causa de sua fama de preferir soluções inusitadas e pouco convencionais, e pelo temperamento extravagante. Só que essa mesma reputação e essa mesma fama fizeram dele, em pouco tempo, o mais bem pago e mais requisitado consultor de sistemas mecânicos e termodinâmicos de Porto Capital. Que ele era um gênio, isso não se podia negar. Mas que ele, às vezes, sabia ser difícil, lá isso sabia!

No restaurante, no conforto do ar condicionado perfeito, Fonseca bufou outra vez:

— Bem?...

— Eu vou pedir um chá completo — respondeu Luigi, com um sorriso da mais pura inocência. — E vocês?

— Luigi, pelo amor de Deus, o aeroporto está para ser fechado!

— E se a gente jejuar e se penitenciar, ele vai deixar de ser fechado? Vamos, Fonseca, em vez de ficar aí gastando os seus neurônios com esse mau humor todo, coma alguma coisa, relaxe, e ponha-os para ajudar a achar uma solução.

— Mas você nem examinou direito a casa de máquinas!

— Conheço aquela casa de máquinas como a palma da minha mão. Já vi tudo o que precisava ver enquanto explicava ao Chiko. Você sabe, explicar alguma coisa a alguém alivia a tensão e ajuda a pôr as próprias ideias em ordem. É ótimo, você devia tentar. E agora, precisamos relaxar e deixar que as ideias venham à cabeça.

— Que ideias? Só temos duas saídas: ou arranjamos um compressor imediatamente, ou fechamos o aeroporto!

— Ora, ora, Fonseca. Não se deve pensar assim. Você mesmo deu a entender que arranjar um compressor imediatamente é impossível, e desviar os aviões para Serena d'Oeste é impensável, portanto nenhuma das duas alternativas serve. É preciso pensar numa terceira alternativa. Usar um pouco de "pensamento lateral": um novo enfoque, uma nova perspectiva, algo... inusitado, pouco convencional.

— Algo maluco, você quer dizer — resmungou Fonseca.

— O que ele quer dizer — interveio Chiko — é que o problema não é arranjar um compressor ou fechar o aeroporto, e, sim, achar um jeito de esfriar a torre de controle sem o compressor.

— Precisamente! — exclamou Luigi antes que Fonseca tivesse tempo de retrucar. — Bem, já são quase onze horas, acho bom fazer logo o nosso pedido.

*

Eram onze e dez quando Fonseca perguntou de repente, com a boca cheia de sorvete:

— E se desviássemos água gelada do sistema central para o da torre de controle?

— Levaria dias — disse Luigi, passando geleia numa torrada. — São mais de quinhentos metros de distância. Bem que eu sugeri, ainda na fase de projeto, que os dois sistemas fossem interligados, mas não me deram ouvidos.

Dois sistemas interligados. Chiko lembrou-se da chegada, quando saíra do avião: ele atravessara a passarela e entrara no terminal sem sentir diferença na temperatura. Interligados. Avião, passarela e terminal. A torre de controle ficava bem ao lado do pátio de manobras. Avião, passarela e torre de controle. Criou coragem e falou:

— E se a gente encostasse na torre um avião grande, tipo um 747, e puxasse o ar do avião para lá?

Fonseca cobriu a boca com a mão para não espirrar sorvete enquanto abafava uma gargalhada. Os olhos de Luigi brilharam:

— Está rindo por quê, Fonseca? De felicidade porque o rapaz encontrou a solução para o seu problema?

— Solução? Não me diga que você pretende...

— Não, não pretendo. É claro que não dá para fazer literalmente o que o Chiko sugeriu. Porém, usando o pensamento lateral, o Chiko nos mostrou a abordagem certa, o caminho a seguir, que é esquecer de vez a central de água gelada e trazer ar frio, e não água, diretamente de um sistema externo.

— Ora bolas, Luigi, você sabe tão bem quanto eu que não dá para ligar um 747 na torre, nem literalmente nem de jeito nenhum. Simplesmente NÃO DÁ.

— É claro que não. Mas dá para fazer uma coisa muito, muito parecida. Vamos, homem, pense só um pouquinho, não vai doer nada.

Desta vez foram os olhos de Fonseca que brilharam:

— Unidades móveis!

— Unidades móveis — confirmou Luigi com um sorriso. — Parabéns, Chiko, você matou a charada.

Fonseca levantou-se de um salto:

— Vamos embora, o que estamos esperando?

— O que são unidades móveis? — gritou Chiko, correndo ao encalço deles restaurante afora.

Unidades móveis, ele ficou sabendo logo depois, eram veículos que continham sistemas completos de ar condicionado, os quais eram ligados às aeronaves por uma espécie de "cordão umbilical" para refrigerar seus interiores enquanto estavam estacionadas — pois o sistema de ar condicionado do próprio avião só funciona em voo. A ideia era trazer uma dessas unidades (que tinham capacidade de sobra, projetadas que foram para atender às necessidades de condicionamento dos enormes jatos *wide-body* de carreira) e descarregar o ar frio na sucção do grande ventilador do condicionador primário. Com isso, é claro, não se poderia manter as rígidas condições do projeto, mas essa era a única alternativa para manter o ambiente tolerável — para as pessoas e para os equipamentos — até que se solucionasse o problema.

Cinco minutos depois, Fonseca já estava atolado atrás de sua mesa, berrando ordens em três telefones ao mesmo tempo. Faltavam ainda dez minutos para o meio-dia quando a unidade móvel encostou ao lado da torre de controle. Luigi, Fonseca e Chiko já estavam na casa de máquinas, aproveitando para ajudar outros três homens, convocados por Fonseca, a remover um painel de aço na lateral do condicionador primário, cujo grande ventilador centrífugo fora desligado.

Chiko foi olhar a unidade móvel e o grande tubo flexível que, imaginava ele, deveria ser ligado ao condicionador no lugar do painel removido. Como será que eles fariam isso?

Eles não pretendiam fazer nada disso.

— Vamos recortar uma abertura circular na porta de aço da casa de máquinas — explicou Luigi, depois de dar instruções a mais dois homens que chegaram com um maçarico de acetileno-oxigênio. — Depois, vamos conectar a unidade móvel a essa abertura. Com as portas fechadas, a casa de máquinas funcionará como uma câmara pressurizada, que chamamos de "plenum", de onde o ventilador do condicionador primário vai extrair o ar frio. Na unidade móvel há um dispositivo que permitirá regular a vazão de ar até se equilibrar com a do ventilador primário. E... *Presto! Habemus* ar condicionado na torre!

O telefone tocou. Fonseca, todo amarrotado, molhado de suor e sujo de graxa, pó e terra, foi bufando atender.

— O quê? — berrou ele. — Nem pensar! Eu não vou admitir! Além disso, já estamos praticamente prontos aqui. Daqui a alguns minutos, vocês vão ter ar condicionado. Ora, alguns minutos, não muitos. À uma? Mas faltam só quinze para a uma! Está bem, está bem. À uma em ponto. É claro que tenho certeza! — ele bateu o telefone, furioso. — Imaginem, eles estão querendo começar a desviar os voos para o aeroporto de... Argh, Serena! Por cima do meu cadáver! Vamos, pessoal, temos quinze minutos para pôr isto em funcionamento.

Quinze minutos é tempo até folgado — disse Luigi, cujas roupas continuavam imaculadamente brancas. — Falta pouco para eles terminarem de cortar aquela porta.

Ele estava certo. Em poucos minutos, os homens já estavam retirando cuidadosamente o grande disco de aço que acabavam de recortar. Com a ajuda dos outros três, a unidade móvel foi rapidamente ligada àquela abertura.

Faltavam cinco minutos para a uma quando saíram todos da casa de máquinas, a porta foi fechada e, por meio de uma chave remota improvisada, Fonseca deu partida no condicionador primário. Logo em seguida, Luigi mandou pôr em funcionamento a unidade móvel. Depois de alguns ajustes e medições, os dois engenheiros deram a missão por cumprida, pelo menos por enquanto. Agora, Fonseca poderia providenciar calmamente a reposição do compressor queimado.

Depois mando a conta dos serviços de consultoria — disse Luigi.

— OK. Mas este "cachê" vai para o Chiko!

Do saguão de entrada da torre, Fonseca ligou lá para cima:

— Em Porto Capital, treze horas em ponto. Como está o tempo aí em cima?

O resto da tarde, tio e sobrinho passaram numa meticulosa excursão por todas as dependências e instalações do moderno aeroporto. Chiko estava fascinado com aquele fantástico, insuspeitado mundo, complexo como uma verdadeira cidade: "grosso modo, a julgar pelo consumo de água, energia e outros parâmetros, uma cidade de cerca de seiscentos mil habitantes", dissera Luigi. Uma cidade vibrante, viva, eficiente — e feia. Tudo era pesado, cinzento, excessivamente funcional. O projeto arquitetônico, segundo Luigi, fora feito dentro da própria Porto Capital Engenharia e Construções, cuja filosofia e critério sempre foram de que estética, conforto e bem-estar dos usuários eram considerações secundárias, totalmente subordinadas à eficiência, funcionalidade e "eficácia de custo". Como resultado, o Aeroporto Internacional Bartholomeu de Gusmão era um primor de obra de engenharia, mas um desastre arquitetônico. Começou a ver aquilo tudo como um grande desafio.

Chiko ainda não tinha muita certeza do que queria para o seu futuro. Talvez seu coração ainda pendesse mais para a arquitetura. Mas, certamente, não via mais a carreira de engenheiro como um terrível e inescapável destino. Afinal, o trabalho do engenheiro também podia ser criativo e emocionante, e o sucesso do tio Luigi Galvani se devia justamente à sua competência e criatividade.

Naquela noite, Chiko sonhou outra vez com o labirinto — e, desta vez, ele chegou ao centro, onde estava o temido dragão.

Mas o dragão segurou-o gentilmente pela cintura, abriu as asas e alçou voo, levando-o para fora do labirinto, para novas perspectivas.

Olhar com o coração

Para Rubens, por me ensinar, a cada dia, a ver com o coração, com profundidade e verdade. E por ter me falado sobre Medicina, exercendo-a com amor.

"Não te espantes quando o mundo amanhecer irreconhecível. Para melhor ou pior, isso acontece muitas vezes por ano. 'Quem sou eu no mundo?' Essa indagação perplexa é o lugar-comum de cada história de gente. Quantas vezes mais decifrares esta charada, tão entranhada em ti mesma como teus ossos, mais forte ficarás. Não importa qual seja a resposta."

(*Para Maria da Graça*, de Paulo Mendes Campos)

  Eu pensei, em princípio, que fosse apenas colher algumas informações para escrever uma matéria sobre a profissão de médico no Brasil. Precisava conversar com muitos médicos, alguns empresários do setor de saúde e, eventualmente, até com algumas pessoas "normais" que tivessem boas histórias para contar sobre alguma experiência com Medicina. Mais uma reportagem-desafio para mim, que estava apenas começando a minha carreira, aos 18 anos, no primeiro ano de Jornalismo. Que frio na barriga! Se eu fizesse tudo legal, seria uma grande matéria! Mal sabia que seria muito, muito mais que isso...
  Foi assim, com muita confiança de que poderia realizar um trabalho bárbaro, que saí de casa naquela manhã fria de junho, gravador em punho, bloco de anotações debaixo do braço.
  Haviam-me dado as melhores referências do doutor Leonardo. Clínico geral, atendia em alguns hospitais — inclusive

em um na periferia da cidade — e nos fins de tarde no seu consultório, num bairro de classe média aqui de São Paulo. Jovem ainda, era bastante curioso, fazia muitos cursos, especializações, inclusive fora da Medicina tradicional, como acupuntura, por exemplo. Perfeito para o que eu queria: alguém com experiência suficiente para continuar aprendendo, sem preconceitos, sincero e, segundo me disseram, um bom contador de histórias. Era disto que eu precisava.

Cheguei meia hora antes do combinado no hospital público, onde ele atendia às terças e quintas. Queria observar o ambiente, as pessoas que circulavam por ali, enfim, entrar no clima da matéria.

Minha primeira impressão não foi das melhores, para não dizer que foi chocante: dezenas de pessoas na fila esperando para marcar uma simples consulta; outras dezenas aguardando sua vez para trocar um curativo ou um gesso da perna; outras dezenas passando mal pelos corredores porque não havia leitos suficientes para acomodá-las. Um burburinho, gente indo e vindo, alguns falando alto demais, outros xingando e nada, nada mesmo, que lembrasse aquela imagem tradicional de um hospital, onde o silêncio, a ordem e a limpeza eram as palavras-chaves.

A coisa também não era nada igual àquelas séries da TV americana, onde tudo parece uma grande aventura, médicos e enfermeiras superpoderosos, quase mágicos, com milagres acontecendo a cada cinco minutos. O que eu via ali, bem na minha frente, era um bando de gente sofrendo e mais um bando tentando, do jeito que dava, resolver aquela situação. Comecei a achar que um não entendia o outro, que um achava que o outro era o culpado daquela bagunça e, no fim, nada parecia estar certo...

Depois de circular pelos imensos corredores do hospital, fui sentar-me no lugar combinado para aguardar o doutor Leonardo. Como não o conhecia, era melhor esperar que ele viesse até onde eu estava. Fiquei observando a porta de entrada até que vi um moço de mais ou menos uns 30 e poucos anos entrar, falar um "bom-dia" sorridente para os pacientes das filas (coisa rara por ali, porque ninguém parecia ter tempo de cumprimentar ninguém, ainda mais com um sorriso no rosto) e se encaminhar para uma sala pequena, onde havia uma pilha de fichas em cima da mesa.

Continuei olhando meio de rabo de olho o jeito dele se comportar: parecia mais calmo que os outros médicos que eu havia visto por ali, especialmente os que tinham mais ou menos a mesma idade dele. Verificou todas as fichas, fez umas anotações e veio em minha direção. Tive certeza, então, de que era o doutor Leonardo. Não sei direito o que me deu, mas quando vi os olhos bem pretos dele, emoldurados por uma sobrancelha grossa, benfeita, e mais aquele sorriso largo, muito sincero, de dentes muito brancos, fiquei sem graça.

"Que é isso, Sofia! Onde já se viu jornalista ficar assim, sem graça, sem saber o que fazer, se senta ou se levanta, se chama o cara de senhor ou de você? O que te deu, hein, garota?", pensei eu, com raiva de mim mesma. Que droga!

Mas não tive muito tempo para me recompor e reencontrar o meu juízo perfeito: doutor Leonardo, muito alegre e simpático, foi logo estendendo a mão para mim, dizendo "Oi, como vai você?" e me convidando para acompanhá-lo à tal sala lotada de fichas de consulta. Eu apenas respondi um pálido e rouco "Oi" e fui andando atrás dele automaticamente, impressionada com sua voz, suas mãos e o seu jeito de andar. Acho que nunca tinha estado tão perto de um cara assim: charmoso, seguro de si e absurdamente simpático, à vontade com as próprias mãos e pés. Assim, como quem sabe quem é, o que quer, para onde vai e onde quer chegar...

Sem demora, ele foi falando devagar, pronunciando cada palavra de um jeito bem explicadinho, que foi me deixando mais "passada" ainda. Aquilo nunca tinha me acontecido na vida e eu não sabia o que fazer... E ele foi falando, falando...

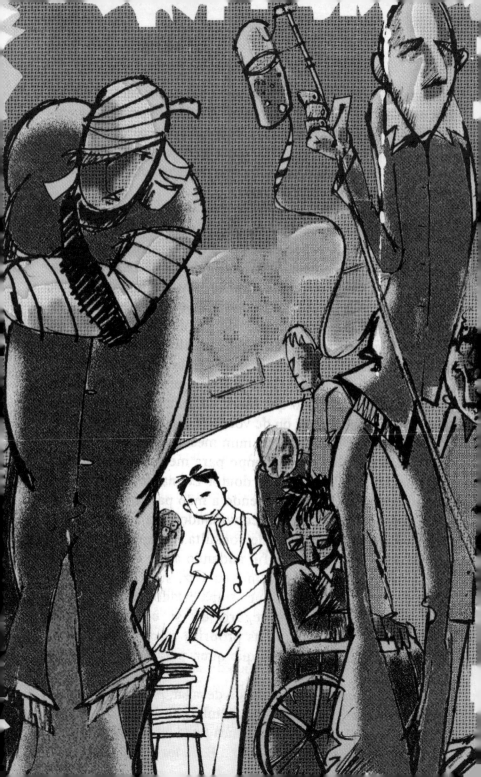

— ... podemos combinar assim, então, Sofia? — encerrou ele, muito direto e objetivo.

— Sim, claro, doutor Leonardo. Eu topo a sua proposta. Acho que vai ser mesmo bem mais interessante eu acompanhar a sua rotina de trabalho durante uma semana do que o senhor ficar aí, só me contando como é, como o senhor faz as coisas. Se eu puder ver tudo de perto, com meus próprios olhos, vou entender melhor — disse eu, entre eufórica e atrapalhada. Já pensou, ficar perto daquele cara durante uma semana inteira? Puxa! Ia ser demais! Além do quê eu poderia fazer uma daquelas *big* matérias em que os repórteres importantes escrevem tim-tim por tim-tim tudo o que viram naquele determinado período de tempo. Era a matéria que iria me abrir as portas do Jornalismo! Tinha certeza!

— Só tenho uma observação importante a fazer, Sofia — disse ele, com voz grave.

— Sim, doutor. É para eu tomar cuidado e não me meter nos casos, não perguntar demais e nem inibir o resto da sua equipe? Ah, pode ficar tranquilo, serei o mais profissional possível, prometo não me meter em nada e o que quiser perguntar anoto e depois me entendo com o senhor — apressei-me em responder.

— Não, Sofia, não é nada disso. Não era isso que eu queria lhe dizer, não. É apenas um conselho... Conselho, não, uma consideração. Acho que você deve olhar cada coisa, cada fato, com o seu coração. Eu sei que isso pode parecer meio abstrato, mas há coisas na Medicina que não são compreendidas com o racional, com os olhos argutos de uma repórter, mas apenas com o coração de uma pessoa que sente e enxerga além, entende?

— Sim, acho que sim...

— Sabe, Sofia, se você fizer esta matéria com o coração talvez não consiga achar a palavra exata e precisa para compor o seu texto, talvez até falte a expressão mais clara para descrever um fato, mas, com certeza, não vai faltar a Verdade das coisas, a profundidade delas. Sua matéria poderá até nem ser a mais bem escrita, o que eu não acredito, mas será lida com emoção, com gosto de realidade. E é isso que vai fazer a diferença do seu trabalho, como é o que faz a diferença do meu. Se fazemos com o coração, somos profundos; se somos profundos, somos verdadeiros conosco mesmos e com os outros, e aí mostramos o quanto somos únicos e o quanto o que fazemos também é único. Percebe o detalhe?

— Sim, claro... — respondi, meio boba, olhos rasos d'água, sem saber o que retrucar (aliás, por que é que eu tinha que ter resposta para tudo, hein? Isso às vezes me irritava e muito!).

— Epa! Não precisa fazer essa cara séria, grave, de enterro! Profundidade, coração, tem a ver com alegria, Sofia! E você vai ver o quanto essa matéria vai sair divertida também! Afinal de contas, trabalho também é diversão, certo? Então, mãos à obra! Como você viu, lá fora tem uns vinte pacientes para eu atender até o meio-dia. E agora são, pontualmente... dez horas! Portanto, tenho que correr! — disse, já se encaminhando para a porta, apontando um banquinho onde eu poderia observar tudo sem ser muito notada.

E eu, ainda emocionada com tudo o que tinha ouvido sobre escrever com o coração, me vi tendo que pôr os pés no chão e me dar conta do que seria atender vinte pessoas com as mais diversas doenças deste mundo em apenas duas horas. Seria possível? E a qualidade do atendimento? De que jeito o doutor Leonardo poderia ouvir, examinar, medicar todo aquele pessoal em minutos, apenas? Comecei, furiosamente, a rascunhar as possíveis perguntas surgidas naquele hospital, naquela manhã de junho, enquanto aquele maravilhoso médico...

"Maravilhoso?" Me dei conta, naquele instante, de que tinha acabado de me... apaixonar pelo doutor Leonardo!

Sim, A-PAI-XO-NAR! Porque nunca, mas nunca mesmo, tinha achado nenhum cara maravilhoso! No máximo "superlegal" e isso era suficiente para render um bom namoro, mas "maravilhoso" como eu tinha acabado de me pegar pensando no doutor Leonardo... NUNCA! Será?

Era difícil acreditar em paixão à primeira vista! E logo eu, sempre tão prática e pouco romântica! Mas e a sem-gracice que eu sentia quando olhava para ele? E o meu coração batendo forte toda vez que ele abria aquela porta para chamar mais um paciente e me olhava, sempre com um sorriso largo, sincero, mais colorido ainda?

Doze badaladas de um sino tocadas ao longe me acordaram do mais recente sonho (ou pesadelo, eu sabia lá!). Algumas anotações no meu bloco, umas falas de pacientes no meu gravador e mais umas palavras da atendente do dia e de duas enfermeiras. Missão cumprida no hospital público, de periferia, na grande cidade. Minha cabeça fumaçando de dúvidas e muita raiva do que eu tinha visto, misturada à emoção pelo trabalho do doutor Leonardo e a descoberta da minha paixão por ele. Dose pra leão! Zilhões de perguntas para fazer a ele, outros zilhões de ideias de como começar a escrever a matéria. Era pouco mais de meio-dia e eu já estava exausta. Doutor Leonardo saiu da sala acompanhando o último paciente e disse, naturalmente:

— Pronta para ir comigo ao consultório agora?

— Consultório? O senhor não almoça?

— Só quando dá. E isso acontece apenas às quartas-feiras, quando tenho parte da tarde livre para fazer um curso de Medicina do Trabalho na universidade. O resto da semana é muito corrido, tenho que "emendar" um trabalho no outro.

— Ai, meu Deus! E a que horas o senhor come? — quis saber eu, já achando que além de lindo, sensível, aquele cara simplesmente era um Super-Homem.

— Não, não faça essa cara de quem me achou um Super-Homem, Sofia. Quando dá, faço um lanche à tarde, como uma fruta, tomo um copo de leite. À noite, me alimento muito bem e de manhã também. Tenho uma alimentação razoavelmente balanceada, sem grandes extravagâncias.

Não disse nada, mas duvidei de que ele pudesse fazer aquilo todos os dias. Não era possível! Que correria mais maluca! Atender vinte pessoas, sair correndo para o consultório, fazer cursos e, sei lá, mais outras tantas coisas... Porém, pude logo constatar que aquele ritmo não era "privilégio" do doutor Leonardo, não. Ele deu carona para um outro colega, o doutor Gilberto, que tinha consultório no mesmo prédio que ele. No caminho, enquanto os dois conversavam, fiquei sabendo que o doutor Gilberto também não almoçava todos os dias e também fazia cursos de especialização, como o doutor Leonardo. Descobri, ouvindo o papo dos dois, que caso não se especialize, ou não faça ligações entre uma atividade e outra, o médico "dança", porque não há um bom mercado para os "simples" clínicos no Brasil. Traduzindo: os seis primeiros anos da faculdade mais os dois de residência são apenas o "começo" da carreira. Oito anos só para dar o pontapé inicial do jogo. É mole ou quer mais?

Enquanto enfrentávamos aquele trânsito doido, que nos deixou meia hora parados numa só avenida, fui perguntando sobre os cursos que eles faziam. O doutor Leonardo estudava Medicina Chinesa e acupuntura, mais Medicina do Trabalho. Já o doutor Gilberto tinha escolhido enveredar pela questão da Medicina Comunitária e Sanitária, além da Homeopatia. Cada especialidade dessas leva dois anos, e a quantidade de informações que eles têm de assimilar... Imagina ainda fazer duas ao mesmo tempo, trabalhando desse jeito!

Ambos disseram ter escolhido botar um pé na chamada "Medicina Alternativa" e outro na Medicina mais ortodoxa por diversos motivos, entre eles, por acreditarem que a Homeopatia e a Medicina Chinesa, por exemplo, tratam de coisas que a Medicina Tradicional não trata ou, pelo menos, não procura tratar. Para eles, a Medicina Alternativa busca prevenir doenças e percebe que, para a maioria delas, há uma causa emocional, um desequilíbrio "da alma", que se reflete no corpo físico. Doutor Gilberto

disse que já viu acontecer curas na Homeopatia onde a Medicina Tradicional já havia diagnosticado a doença instalada para sempre. Doutor Leonardo disse que estava "reaprendendo" Medicina cada vez que tomava contato com a filosofia dos orientais.

A escolha da Medicina do Trabalho e da Medicina Comunitária e Sanitária — me explicaram os dois — aconteceu pela possibilidade de ter uma atividade pública, onde eles pudessem desenvolver programas de prevenção e também beneficiar um grande número de pessoas ao mesmo tempo. É como se, por um lado, buscassem atender melhor ao indivíduo e, ao mesmo tempo, toda a coletividade. Achei tão legal! Pareceu-me um projeto de vida muito bonito: partir da pessoa para a sociedade, podendo curar e beneficiar a todos. Fiquei impressionada como eles tinham feito essa ligação direitinho...

Mas o que eu gostei mesmo foi do jeito como eles falaram do trabalho... Com um entusiasmo! É claro que eles também reclamaram dos salários, já que médico de serviço público ganha tão mal quanto professor. Aliás, quando eles falaram quanto ganhavam lá no hospital quase morri de susto: minha mãe, que é publicitária, ganha, numa semana, o que eles ganham num mês! Absurdo! Achei tão "fim de mundo" que pedi o comprovante oficial de pagamento deles para pôr na matéria. Senão, quem iria acreditar?

Tanta informação nova! Quanta coisa para contar na matéria! Será que iria caber tudo? E eu nem tinha começado a ver a rotina do doutor Leonardo ainda... O que eu tinha começado mesmo era a ficar "fissurada" nele! Quanto mais ele contava da profissão dele, das suas escolhas, da forma como via o mundo, mais eu me apaixonava...

E o coração ia ficando assim, pequenino, sensível, dolorido, cheio de medo e esperança. Medo de ele nunca olhar para mim como eu desejava. Não como ele me via: Sofia, a jovem repórter que iria passar algumas horas entrevistando ele... Esperança de poder, pelo menos, ver, uma única vez, uma faísca de interesse naqueles olhos negros...

Chegamos ao consultório deles e a tarde se revelou outra loucura. Pacientes de mil convênios diferentes (aliás, descobri que convênio paga superpouco aos médicos, enquanto nós pagamos uma fortuna para esses mesmos convênios. É outro absurdo! Meu Deus, quantos!), particulares, recebimento de exames, secretária atendendo telefone, homens e mulheres conversando de doença na sala de espera. Eu estava mais tonta ainda. Não haveria página de jornal suficiente para descrever tudo aquilo...

Dia seguinte, e eu chego com a maior cara de sono no outro hospital no qual o doutor Leonardo trabalha. Minha cara amassada só reflete a noite maldormida: sonhos com doutor Leonardo me beijando, pesadelos com o meu professor da faculdade me dando zero pela matéria malfeita, mais sonho mau com os doentes do hospital público, levantar e deitar, inquietude, medo, paixão. Um coquetel noturno para embriagar qualquer criatura!

Entro na sala do doutor Leonardo e já percebo que este hospital não é público, atende um pessoal de classe média-alta. A diferença é óbvia ululante. Silêncio, limpeza, organização, nada de filas, muitos médicos e enfermeiras circulando pelos corredores, quartos fechados, doentes acomodados. Na parte de baixo do hospital, a maternidade: quiosque com flores, quiosque de brinquedos, um outro de café e petiscos, mais ao longe um berçário alegre e arejado, pessoas animadas, comemorando os nascimentos. Nem parece hospital! Engraçado, um é porque era ruim demais para ser verdade, o outro, por ser bom demais... Não é de pirar a cabeça?

Quando o doutor Leonardo apontou na porta do hospital... Adivinha! Meu coração parecia um tambor desafinado, fazia uma batucada daquelas! E o estômago? Mais apertado que parafuso enferrujado, fora as pernas, bambas, tremendo até o dedão do pé e aquela vontade incontrolável de correr para o banheiro.

Passos largos, roupa branca, barba benfeita, um cheiro de água-de-colônia que nem sei... Uma paciente que caminha no corredor depois de uma cirurgia o cumprimenta com um abraço carinhoso, e eu leio nos olhos dela a gratidão pela cura. Diz que está melhor, mais bem-disposta e que logo, logo, sairá do hospital. Ele, entusiasmado, confirma e diz que torce para não voltar a vê-la tão cedo! A não ser que seja para uma festa! Meu coração se enche de ternura e penso que ele deve mesmo ser um bom médico, não perfeito, porque já ouvi a secretária dele lá do consultório dizendo que ele, de vez em quando, também perde a paciência e fecha o tempo.

Não demorou muito e fui acompanhar a jornada dele naquele dia, que eu já sabia, seria longo, pois ele teria aula à noite também. Tratava de pacientes recém-operados, passando no quarto de cada um, examinando, conversando, fazendo mil anotações naquelas pranchetas que ficam numas pequenas salas em cada andar do hospital. Sempre sorrindo, às vezes coçando a cabeça, outras, os olhos. Peguei também um gesto cansado, um bocejo disfarçado e uma confissão: ele tinha dormido apenas três horas na noite anterior, estudando para a prova de acupuntura.

Me vi estudando para o vestibular, tive o maior dó dele, sendo que, naquela época, eu só estudava e ele ainda tinha de trabalhar, gastar todas as horas do seu dia resolvendo mil pepinos alheios. Concluí, novamente, com o coração: tinha de gostar muito mesmo, tinha de ter paixão e uma força grande para segurar a fraqueza alheia. Entendi o ditado predileto da minha avó: "É como matar um leão por dia"...

Mais uma manhã sem almoço, o "velho e bom" doutor Leonardo seguiu para o consultório. Uma rotina que não era rotina, a cada dia um rosto novo, um novo problema para tentar resolver, um desafio, como disse ele. Cada paciente trazia uma história, não só a dele, mas a memória de sua família e, em última instância, a memória de todo um povo e de uma cultura. Segundo o doutor Leonardo, não dava para separar uma pessoa em pedacinhos ou em órgãos: tinha de se ver o todo, desde a casa da pessoa até o planeta Terra. Tudo é informação, pista para a cura do mal. "Somos um só" — me disse ele, enigmático. Eu não sei se entendi, mas tive uma vontade enorme de ser uma só com ele...

Almocei com ele no único dia em que isso foi possível — pena que havia mais médicos na mesa (já pensou se fosse um almoço a dois?). Era impressionante como falavam de Medicina o tempo todo! Ele percebeu que eu tinha anotado isso no meu bloco e na saída do restaurante me deu um toque: "Médico é assim mesmo, vive tantas horas voltado só pra isso que acaba olhando muito para o próprio umbigo. Mas não fique pensando que é sempre assim, não. A gente também fala bobagem, lê gibi e até dorme em plantão, quando está tudo tranquilo e não há nada para fazer. Afinal de contas, ninguém é de ferro!" Achei legal ele falar isso, porque eu havia notado que jornalista era meio assim. Vai ver que cada profissão tem sua hora de "clubinho"!

Entre noites maldormidas, muitos dias sem almoço, alguns cochilos distraídos, muita emoção e informação, minha semana ao lado do doutor Leonardo foi chegando ao fim. Rápida pelo que eu tinha de fazer, demorada em cada hora que eu olhava para aqueles olhos negros e aquelas mãos ágeis e benfeitas... Uma semana que, com certeza, tinha marcado a minha vida para sempre.

Durante esses dias ele pouco falou comigo, muito concentrado no que realizava. E, de tanto observar em silêncio, fui percebendo, a cada momento, o quanto eu já não precisava mais perguntar. As tardes no consultório, as manhãs nos hospitais, as noites nos cursos e ainda vê-lo em ação em duas palestras — uma para jovens de uma escola e outra para velhinhos aposentados na tarde que era "para as coisas dele" — me fizeram realmente compreender além do que minhas perguntas me possibilitariam e muito mais do que ele conseguiria esclarecer. Ele tinha razão: fosse o coração já apaixonado ou o coração da Sofia, garota interessada em olhar o mundo, o fato é que agora eu achava que já poderia escrever sobre Medicina. Com o coração, profundidade e verdade.

Quando acabasse o texto, prometi que levaria para ele, para corrigir alguma informação equivocada, para dar seu "OK", enfim. Uma esperança lilás batia forte no meu coração adocicado: ele poderia ler meu texto e se apaixonar por mim, pela sinceridade e paixão que eu, com certeza, colocaria em cada frase. Isso a gente tinha em comum: paixão pelo que fazia. Quem sabe?

Giselda, aos nove anos, declarou solenemente que seria escritora. A casa já era uma ilha, cercada de livros por todos os lados. Aos dezoito, entrou na faculdade de Jornalismo. Depois de formada, esperou mais catorze anos para que duas editoras publicassem, em 1972, suas primeiras histórias. Vinte e cinco anos depois, um desses trabalhos, o conto "Os morangos", faz parte de uma dissertação de mestrado na PUC/SP. Tal qual o marinheiro, no alto do mastro de uma caravela, a autora poderia gritar a plenos pulmões:
— Terra à vista!

A mãe de **Januária** diz que a filha já nasceu jornalista. Desde menina, andava com lápis e papel na mão. Cresceu ouvindo de seus pais muitas histórias, e não demorou muito para escrevê-las e inventar outras. Aos onze anos, sua "História da cachorrinha" foi publicada no Suplemento Infantil do *Diário de Pernambuco*. Januária decidiu ser jornalista. Tem verdadeira paixão pelo Jornalismo. Paixão maior só pela profissão de escritora, que abraçou junto com a de jornalista. E, assim, continua levando lápis e papel por onde quer que vá.

Rosana sempre foi apaixonada por livros e sempre adorou desenhar. Formou-se em Artes Plásticas; foi desenhista e professora por vários anos, antes de começar a trabalhar com literatura infantil e juvenil. Atualmente escreve textos para televisão, teatro, revista de histórias em quadrinhos, cinema. Já tem publicado mais de cinquenta livros paradidáticos e didáticos. Na sua opinião, é importante trabalhar com algo de que se goste muito e nunca parar de ler, estudar e se atualizar, para não correr o risco de ficar "perdido no espaço"...

A Arquitetura, para **Leonardo**, foi um sonho de infância. Desde cedo desenhava, copiando quadrinhos de gibis ou fazendo plantas de casas imaginárias, algumas malucas e outras nem tanto. Pensava em ser arquiteto. Aos catorze anos, começou a escrever alguns poemas e a olhar o mundo com novos olhos. Queria liberdade, justiça. Achou que cursando Direito ou Jornalismo poderia, por meio da palavra — escrita ou falada —, mudar o país. No entanto, a estrada a seguir ainda não era essa. Escolheu percorrer outros caminhos, outros textos. Hoje, além de escritor, Leonardo trabalha como editor, buscando sempre um novo movimento, construindo, "arquitetando" novos sentidos.

A escolha da profissão sempre foi, para **Ricardo**, uma coisa meio complicada. Quando criança, decidiu que queria ser escritor, mas logo desistiu da ideia; achava pouco "prática" e começou a "querer ser" outras coisas: de publicitário a eletrotécnico, de jornalista a projetista de ar-condicionado. Mas a verdade é que, em todas essas atividades, Ricardo sempre dava um jeito de ficar escrevendo coisas. Como projetista também redigia propostas, manuais e especificações; no fundo sempre foi escritor... O importante aqui é que, lidando com engenharia, aprendeu várias coisas sobre a carreira, que tentou transmitir no seu conto.